孙宜学◎主编

杜甫诗集

[唐] 杜甫◎著　张莹◎编

朝華出版社
BLOSSOM PRESS

图书在版编目（CIP）数据

杜甫诗集 /（唐）杜甫著；张莹编 . -- 北京 : 朝华出版社 , 2025. 1. --（启秀文库 / 孙宜学主编）.
ISBN 978-7-5054-5555-9

Ⅰ . I222.742

中国国家版本馆 CIP 数据核字第 2024G61Z55 号

杜甫诗集

［唐］杜甫　著
张莹　编

选题策划　黄明陆
责任编辑　张北鱼
责任印制　陆竞赢　訾　坤

出版发行　朝华出版社
社　　址　北京市西城区百万庄大街 24 号　　邮政编码　100037
订购电话　（010）68995509
联系版权　zhbq@cicg.org.cn
网　　址　http://zhcb.cicg.org.cn
印　　刷　三河市龙大印装有限公司
经　　销　全国新华书店
开　　本　920mm×1260mm　1/16　　　字　　数　170 千
印　　张　14
版　　次　2025 年 1 月第 1 版　　2025 年 1 月第 1 次印刷
装　　别　精
书　　号　ISBN 978-7-5054-5555-9
定　　价　48.00 元

"启秀文库"编委会

总 策 划　黄明陆

主　　编　孙宜学
副 主 编　陈曦骏
编　　委　（按姓氏笔画排序）

封面题签　赵朴初

总序

中国传统文化经典作品是中国智慧的结晶和集中体现，源于中国人的生存智慧、生命智慧，是一代代中国人对天地万物、时序经纬的心灵感悟和提炼总结，已成为人类精神文明的宝贵财富。至今，这些作品仍能释日常生活之惑、解亘古变化之谜，为世界的未来提供中国范式。

中国和世界需要既包蕴中国传统文化精髓，又能真实反映新时代中国文化新发展、新概念的中国传统文化经典著作，这样的著作应具备以下特点：

1. 兼具知识的广度与理论的深度。能撷取中华优秀传统文化的精华，体现中国人的思维方式和中国文化特质，同时具有内在的理论逻辑，集知识性、系统性、科学性于一体。

2. 兼具学术的高度和历史的维度。能讲清楚"何谓'文'""何谓'化'"和"何谓'文化'"，并立足于中国和世界文化发展史，以中国传统文化典籍为历史线索，阐释、勾勒出中国文化发展历史的昨天、今天和明天。引导读者通过中国文化内涵的特殊性和普适性元素了解中国文化如何不断推陈出新，中国智慧如何不断博观约取、吐故纳新。

3. 兼具精准的角度和客观的态度。能基于读者的客观诉求、阅读习惯和审美习惯，充分发掘和利用中国的地域、经济和文化特点，全面深入研究中国文化资源，保证经典著作能"贴近不同区域、不同国家、不同群体受众",更直接有效地"推进中国故事和中国声音的全球化表达、区域化表达、分众化表达"。

4. 兼具多元的维度与开放的幅度。能基于世界阅读中国的目标,从中外文化互鉴视角,成为世界文化多维度交流互鉴的载体和可持续阐释的源文本。

我们选编这套"启秀文库",即因此,并为此。中国人阅读这些作品,可以学会更好地生活;外国人阅读这些作品,可以了解和理解中国人的美好生活是一种什么样的历史形态。中外读者共同汲取其中的智慧,可以知道如何建设一个和谐美丽的世界,以及未来的世界会如何美好。

伟大的经典作品,都是为了将日常的生活变得更加美好。在建设"人类命运共同体"的今天,中国文化的精神滋养不应只培育中华民族子孙的天下情怀,还应引导世界人民学会欣赏中国之美、中国之魂、中国之根,在促使世界更深刻理解中国的历史和当代的同时,实现不同民族文化的和谐相处、共生共进。

在中华民族开启向第二个百年奋斗目标进军的新征程之际,中国文化发展也必将进入一个新阶段。这套丛书的时代价值,在于其将"中华文化感召力、中国形象亲和力、中国话语说服力、国际舆论引导力"融入编写、注释和诠释的全过程,从而使传统文化经典作品更能适应新时代,更有能力承载与传播中华文化精髓,向世界讲好中国故事。

孙宜学

2024 年 7 月

于同济大学

当你真正走近杜甫时，你会随他哭、随他笑，当你的生命和他的生命碰撞，你会发现，你的精神会为之一振，你也会心疼到潸然泪下。虽然他离开我们已有千年之久，却又似乎在我们身边，他的人格魅力始终散发着光芒。

他生在开放浪漫的大唐，却历经了它的兴衰；他生在富足的诗书世家，却颠沛流离半生；他生来理想坚定，却仕途坎坷终未得志。

"诗圣"杜甫，满怀儒家情怀，书写了一片真情天地。他有豪迈洋溢的青春，有肝胆相照的侠义，有对人间亲友、自然万物的真情，他担当得起梁启超所言"情圣"的封号。

杜甫留下一千五百多首诗，世号"诗史"，享千秋盛誉。他对生活有记述，对叙事有抒情。其诗有亲切和真实，词有精到和工整，他构建了中国诗歌的"建筑之美"，他沉淀了诗歌"沉郁顿挫"的风格多姿之精妙。

千古诗圣，万古流芳。清初文学家金圣叹将杜甫的诗作与屈原的《离骚》、庄周的《庄子》、司马迁的《史记》、施耐庵的《水浒传》、王实甫的《西厢记》，合称为"六才子书"。

今天，让我们走进他的诗歌，走进他的人生，去探寻他的满腔真情，让他的精神成为我们人生路上温暖的存在！

本书精选了杜甫不同时期不同风格的代表诗作八十首，分为古诗和近体诗上下两篇。所选诗篇有能反映杜甫忧国忧民情怀的，如著名的"三吏""三别";也有兵荒马乱中家人重逢的悲喜交加的,如《羌村三首》中的"妻孥怪我在,惊定还拭泪"……除此之外,也有反映杜甫对生活热爱的清丽诗句,如《绝句四首》中的"两个黄鹂鸣翠柳,一行白鹭上青天";也有其对亲朋深深的怀念的诗句,如《月夜忆舍弟》中的"露从今夜白,月是故乡明"。杜甫缔造了一个无情时代中的仁爱世界,他的力与美,是那样动人。本书每首诗均设有译文、鉴赏和集评三个部分,并以深入浅出的文字进行赏读,兼具文学性和思想性,以便使读者更进一步体会到"杜诗"源远流长的魅力。

杜甫诗歌大量引用了俗语,真切自然,而用字又饱经锤炼,精妙如玉珠落盘。其在体裁上有很多创新,在五律、七律上的创造性也是独特的。

杜甫在有生之年未有声名影响,但到晚唐时期,其作为现实主义诗歌运动的启发者备受推崇。直至今日,杜甫不仅被认为是中国最伟大的诗人之一,还名扬海外。英国的BBC(英国广播公司)就推出了纪录片《杜甫:中国最伟大的诗人》,同时美国诗人雷克斯·罗斯也很推崇杜甫,他曾说,在某些方面,杜甫甚至超过了莎士比亚和荷马。杜甫也成为世界上可以和莎士比亚相比肩的伟大诗人。

打开此书,徜徉在畅达的阅读体验中,不仅能体味到"诗圣"诗歌创作的特点,感受韵律之美,更能体会到他多才而深情、悲悯的人格魅力。

编者
2024 年 10 月

目录

上篇　古诗

下篇　近体诗

3

上篇 古诗

奉赠韦左丞丈二十二韵

纨袴不饿死，儒冠多误身。

丈人试静听，贱子请具陈。

甫昔少年日，早充观国宾。

读书破万卷，下笔如有神。

赋料扬雄敌，诗看子建亲。

李邕求识面，王翰愿卜邻。

自谓颇挺出，立登要路津。

致君尧舜上，再使风俗淳。

此意竟萧条，行歌非隐沦。

骑驴三十载，旅食京华春。

朝扣富儿门，暮随肥马尘。

残杯与冷炙，到处潜悲辛。

主上顷见征，欻然欲求伸。

青冥却垂翅，蹭蹬无纵鳞。

甚愧丈人厚，甚知丈人真。

每于百僚上，猥诵佳句新。

窃效贡公喜，难甘原宪贫。

焉能心怏怏，只是走踆踆。

今欲东入海，即将西去秦。

尚怜终南山，回首清渭滨。

常拟报一饭，况怀辞大臣。

白鸥没浩荡，万里谁能驯。

富贵人家的子弟不愁吃穿，读书人却常常因书误身。

您请静下心来，听我这卑微之人慢慢陈述。

我在年轻时，就早早地作为观察国家大事的宾客。

读书早已破万卷，写文章时仿佛有神助。

赋文可以与扬雄比肩，诗作可以跟曹子建相媲美。

李邕想要认识我，王翰希望能与我为邻。

我自认为很有才华，能立刻走上通往要职的道路。

希望能把君主带到像尧舜那样的圣明境地，再次使得风俗淳朴。

然而这理想终究落空，我也不是隐士，只是四处漂泊。

骑着驴子已三十年，漂泊在京城度过春天。

早晨敲过富人的门，晚上跟随马队奔波。

残羹冷炙随处都是，我心中暗自悲辛。

最近皇上召见我，我一时希望能够施展抱负。

然而理想却高不可攀，我只能像无翼的小鸟，无法展翅高飞。

我很愧疚于您的厚待，也深知您的真诚。

在众多官员面前，您常常称赞我的新诗。

我私下里效仿贡禹的喜悦，却难以甘心像原宪那样的贫穷。

怎么能心里不愿，只能匆匆奔波。

如今我想向东入海，又要向西去秦地。

我仍然喜爱终南山，回望清渭河边。

常常想要报答一饭之恩，何况是像您这样的高官。

白鸥消失在广阔的天地间，谁能驯服这自由的鸟儿呢？

鉴赏

天宝六载（747 年），唐玄宗发布诏令，号召全国有才艺之士进京参加考试。可是，李林甫授意尚书省举办考试，却不录取任何应试者，最终向朝廷呈现了一出"野无遗贤"的虚假盛景。对急切想要施展才华的杜甫而言，这次考试的失败是一个巨大的打击。困居长安的杜甫，心情愈加落寞，萌生了离京远游的念头。因此，他于唐玄宗天宝七载（748 年）写下了《奉赠韦左丞丈二十二韵》这首诗，向韦济表达告别之意。诗中，杜甫详述了自己的才华与理想，倾诉了仕途失意和生活困顿的苦楚，并对黑暗的现实环境进行了批判。

诗的开头以一句"纨袴不饿死，儒冠多误身"揭示了主题。纨袴，即纨绔，指的是富贵人家的子弟，他们不学无术，却能过上优越的生活。诗中的"儒冠"指的是读书人。杜甫用这两句诗表达了对社会不公的强烈不满。那些纨绔子弟虽无所作为，却可以悠闲生活，而像他这样有才华的读书人却屡屡碰壁。这种强烈的对比直接揭露了社会贤愚倒置的现实，引发读者的深思。

接下来，杜甫通过细致的铺陈，描绘了自己早年才华横溢的情景。他将自己比作扬雄和曹植，显示出年轻时的自信与才华卓著。扬雄和曹植分别是西汉和三国时期著名的文学家和诗人，以文采著称。杜甫以此自比，体现了他对自己文学才能的高度自信和期望。然而，这些才华和抱负在现实面前被无情地打击。他在长安的生活充满了困顿与磨难，常常骑着瘦驴奔波在富贵人家之间，靠着残羹冷炙度日。这种生活的艰辛与他早年的雄心壮志形成鲜明对比，使他倍感失落。

诗的中段进一步展现了杜甫内心的矛盾和痛苦。他感慨自己虽有满腹经纶，却无处施展，理想与现实的落差让他感到无比压抑。在这一部分，杜甫提到自己曾经参与的科举考试，却因奸相李林甫的阻挠而落第。这次经历对杜甫来说无疑是巨大的打击，令他在仕途上更加举步维艰。

然而，杜甫在诗中并没有沉溺于自怨自艾，而是表现出对未来的思索和对知己的感激。他对韦济的赏识表示感谢，韦济在当时担任尚书左丞，曾对杜甫的才华给予关怀和支持。杜甫希望通过这首诗表达对韦济的敬意和期待，希望能获得更多的理解和帮助。

诗的结尾以"白鸥没浩荡，万里谁能驯"作结，意境开阔而深远。白鸥象征自由和不屈，杜甫借此表达自己即使在困顿中，也不愿放弃对理想和自由的追求。这一结尾不仅体现了杜甫高洁的情操，也为整首诗增添了悠远的意境。

这首诗全篇直抒胸臆，既有对理想破灭的无奈，也有对社会不公的愤懑，充分展现了杜甫沉郁顿挫的风格，这种深沉的情感和曲折的抒情方式，使得诗歌充满了内在的力量和震撼人心的效果。

另外，诗中运用了大量的对比手法，通过今昔境遇、理想与现实的对比，深刻揭示了杜甫内心的矛盾和复杂的思想感情。诗的语言质朴且饱经锤炼，句式上骈散结合，以散为主，既有整齐的对仗之美，又有纵横飞动的灵动之妙。通过这些艺术手法，杜甫成功地将个人的苦闷与时代的矛盾结合在一起，使得这首诗不仅是一首自我倾诉的作品，更是一幅反映社会现实的生动画卷。

集评

明·茅一相：独孤及云：五言之源，生于国风，广于《离骚》，著于苏李，盛于曹刘。当汉魏之间，虽已朴散为器，作者犹质有馀而文不足。以今揆昔，则有朱弦疏越、太羹遗味之叹。

清·徐用吾：五言古诗，或引兴起，或赋比起。须要用意深远，托词温厚，反覆优游，雍容不迫，或感古怀今，或怀人伤己，或潇洒闲适，写景要雅淡，推人心之至情，摹感慨之微意，悲欢含蓄而不伤，美刺婉曲而不露，要有三百篇遗意。

游龙门奉先寺

已从招提游，更宿招提境。
阴壑生虚籁，月林散清影。
天阙象纬逼，云卧衣裳冷。
欲觉闻晨钟，令人发深省。

译文

在寺僧的带领下，我已经参观了奉先寺，晚上又住在了寺中。

幽深的山谷中回荡着风的声音，月光洒在树林间，映出点点清影。

高耸的龙门山仿佛与天上的星辰相接，夜宿奉先寺，犹如卧于云间，冷气侵透衣衫。

将醒时，听到寺庙的晨钟声响起，声声敲击心灵，让人感到深刻的省悟。

鉴赏

杜甫的《游龙门奉先寺》创作于唐玄宗开元二十三年（735年），这是他早期的作品之一。当时，杜甫从吴越返回洛阳，夜宿于龙门的奉先寺，因感触良多，写下了这首诗。虽然题目是"游寺"，但诗中主要描绘了夜宿时的见闻和感受。

前两句交代了作者在游览龙门后，住在了奉先寺。"招提"是寺庙的别称，诗中提到"招提境"暗示了佛教的清净之地。接下来的六句围绕"宿"字展开，描绘夜晚的景象和心境。夜深时，山谷中回荡着风声，"虚籁（lài）"指的是空灵的声音，仿佛从石壁洞穴中传出，清越动人。月光洒落在树林间，"散"字生动地描绘了树影在风中摇曳的动态。

仰望夜空，繁星点点，像是触手可及。"天阙（què）象纬逼"中的"象纬"是指星象经纬，即日月五星。这里当指夜空中的星辰。诗人用"逼"字生动地表现了星空仿佛近在眼前的压迫感。夜宿在外，薄衣难御寒气，"云卧衣裳冷"中的"云卧"形容如同卧于云间，透骨的清冷让人倍觉孤寂。

在如此高寒清净的环境中，诗人感到尘世的烦扰被一扫而空，心灵得以片刻宁静与纯净。最后两句含蓄而深刻，"晨钟"是佛寺清晨敲响的钟声，诗人在将醒未醒时听到钟声，犹如警钟般，使他内心受到震动，感悟良多，仿佛参透了禅意中的顿悟。

整首诗通过夜宿奉先寺的描写，展现了杜甫青年时期对自然及内心世界的敏锐感受，以及对佛教初步的认识。虽然诗中流露出些许的消极情绪和对尘世的厌倦，但也表现了诗人对烦扰俗世的超脱追求和灵魂的净化。诗句精练，意境深远，充分体现了杜甫在早期作品中细腻的情感表达和深刻的内在思考。

集评

宋·苏轼：子美之诗，退之之文，鲁公之书，皆集大成者也。学诗当以子美为师，有规矩法度，故可学。退之于诗，本无解处，以才高而见长耳。渊明不为诗，自写其胸中之趣耳。学杜不成，不失为工。无韩之才与陶之妙，而学其诗，终为乐天耳。

明·王嗣奭《杜臆》：此诗景趣泠然，不用禅语而得禅理，故妙。初嫌起语浅率，细阅不然。……盖人在尘溷中，性真汩没，不游招提，谢去尘氛，托足净土，情趣自别。而更宿其境，听灵籁，对月林，则耳目清旷；逼帝座，卧云床，则神魂兢凛。梦将觉而触发于钟声，故道心之微，忽然豁露，遂发深省，正与日夜息而旦气清，剥复禅而天心见者同。钟怕敬云："此诗妙在结，前六句不称。"无前六句，安得有此结乎？"天阙""云卧"不偶，故有"天阅""天窥"之谬论；刘云："'卧'字可虚可实，极是。

清·仇兆鳌《杜诗详注》：张綖注：三四状风月之佳，五、六见高寒之极。闻钟发省，乃境旷心清，倏然则有所惊悟欤！

望岳

岱宗夫如何？齐鲁青未了。
造化钟神秀，阴阳割昏晓。
荡胸生曾云，决眦入归鸟。
会当凌绝顶，一览众山小。

译文

泰山是什么样的呢？从齐鲁大地望去，泰山的青色绵延不绝。

大自然把神奇秀丽的景象全都汇聚其中，山南山北阴阳分界，晨昏迥然不同。

升腾的层层云气，使心胸摇荡；极力张大眼睛远望归鸟隐入了山林。

我定要登上那最高峰，俯瞰在泰山面前显得渺小的群山。

公元 736 年，年少的杜甫开启了一段充满自由的漫游生活，他的足迹遍及齐、赵（今河南、河北、山东等地）。《望岳》正是他在漫游途中创作的一首五言古诗，诗文气势磅礴，骨力遒劲。整首诗围绕"望"字展开，虽未明写"望"字，却让人仿佛置身其境，表现出诗人高超的布局谋篇和艺术构思。尽管诗中蕴含深远的寓意，却丝毫不显得反复啰唆，反而充满了游览名山的兴致。

通过描绘泰山的雄伟壮丽，诗人热情歌颂了泰山巍峨的气势和神奇秀美的景色，流露出对祖国河山的深厚热爱，同时也抒发了他不畏艰难、敢于攀登顶峰的雄心壮志，以及胸怀天下的豪情。

诗的首句"岱宗夫如何"生动地表达了诗人初见泰山时的惊叹与仰慕。"岱宗"即指的泰山。泰山因位居五岳之首，被尊称为"岱宗"。"夫如何"意为："究竟如何呢？"其中"夫"字作为句首语气词，虽然没有实际意义，却不可或缺，表现出诗人独具匠心的创作。

接下来的"齐鲁青未了"没有直接描述泰山的高度，而是通过远在齐鲁两国边境之外仍能望见泰山，巧妙地烘托出其高耸入云的气势。泰山东南为鲁，北为齐，这种地理特征的描绘是独一无二的。

"造化钟神秀，阴阳割昏晓"描绘了泰山的近景。一个"钟"字将大自然的情意赋予泰山，使之充满神奇和秀美。山体朝阳的一面称为"阳"，背阳的一面为"阴"，因山势高峻，令昏晓的光线在山的阴阳面上分割明显。诗人用"割"字，赋予泰山一种主宰力，使这座静止的山峰充满活力和力量，也体现出诗人"语不惊人死不休"的创作风格。

"荡胸生曾云，决眦（zì）入归鸟"描述对泰山的细致观察。"眦"指的是眼眶，意思眼眶（几乎）要裂开。云雾缭绕胸怀，诗人因此而心胸开阔；"决眦"则生动地表现了他在奇妙景色面前全神贯注、目不转睛的神态，仿佛要将眼睛睁到极致，尽收美景。"归鸟"指傍晚归巢的鸟，暗示诗人流连忘返。其中包含了他对祖国山河的热爱与赞美。

最后两句"会当凌绝顶，一览众山小"表达了诗人不满足于远眺，而渴望登顶泰山，俯视群山的壮志豪情。"会当"系唐代口语，意为"一定要"。这两句既突出泰山的高峻，又展现了诗人不畏艰难、敢于挑战的精神。这种精神不仅令杜甫成为伟大的诗人，也是所有有所作为之人的宝贵品质。

整首诗以"望"字为主线，虽无一字明写"望"，却让人感同身受，充分展现了杜甫的艺术构思和布局之妙。

集评

明·王嗣奭《杜臆》："荡胸"句，状襟怀之浩荡。"决眦"句，状眼界之空阔。公身在岳麓，而神游岳顶，所云"一览众山小"者，已冥搜而得之矣，非必再登绝顶也。杜句有上因下因之法，荡胸由于曾云之生，上二字因下。决眦而见归鸟入处，下三字因上。上因下者，倒句也。下因上者，顺句也。末即登泰山而小天下之意。

清·钱谦益《杜甫诗集》：决眦：《子虚赋》："中必决眦。"李奇注：射之巧妙，决于目眦。梦符曰：言登览之远，撍决其目力，入归鸟之群也。

今夕行

自齐、赵西归至咸阳作。

今夕何夕岁云徂，更长烛明不可孤。

咸阳客舍一事无，相与博塞为欢娱。

冯陵大叫呼五白，袒跣不肯成枭卢。

英雄有时亦如此，邂逅岂即非良图。

君莫笑，刘毅从来布衣愿，家无儋石输百万。

译文

今夜是怎样的夜晚呢？今夜正是除夕，点燃高大的蜡烛，不能把这个夜晚浪费掉。

我在咸阳的客馆里无事可做，就和朋友们一起赌博寻找乐趣。

意气风发地大喊"五白"，露着胳膊光着脚，用尽全力却总是赢不了。

英雄有时候也是这样，偶尔下注大赌本怎么能说不是个好主意呢！

请不要笑，当年刘毅本只想做个普通人，成为英雄之前家里穷得连两石米都存不下，却敢用百万铜钱去赌。

鉴赏

《今夕行》是杜甫在唐玄宗天宝五载（746年）除夕所作。此时杜甫刚从齐赵返回长安，正值上层社会赌博成风，他在这首诗中描绘了自己在京城过除夕的情景。

诗的开篇以除夕之夜为背景，杜甫在客舍中无事可做，于是敞开衣襟，与旅客们一道参与赌酒。这一情景体现了杜甫年轻时的豪放不羁，恰如其分地捕捉到了当时的欢乐气氛。大厅里灯火通明，烛光高照，正是迎接新年的时刻。杜甫俨然化身为一名赌徒，神情专注，形象生动，让人忍俊不禁。

接着，诗人切入正题，描述除夕守夜时的赌博场景。旅客们聚集在客舍，借赌博排遣乡愁。杜甫通过细腻的笔触，生动再现了赌徒们因胜负而狂喜或惊叹的瞬间，使室内气氛热烈如春。

在第三联中，杜甫集中刻画了赌场内的情景。尽管是寒冷的深夜，室内却因赌局热火朝天。杜甫或许是众人中最投入的一个，他掷骰不成"枭卢"，心急之下大呼"五白"，袒胸露足，准备孤注一掷，力求反败为胜。"袒跣不肯成枭卢"这一典故源自《晋书·刘毅传》，用来形容赌徒激情澎湃、全力以赴的状态。

然而，杜甫未能如愿，最后一局可能输了。这时，他借用古人的典故自我解嘲，发表了几句盲目乐观的豪言壮语，表现出一种失意英雄的乐观态度。这段自解充满了反讽意味，既是对自己行为的调侃，也是对当时社会风气的隐喻。

最后，杜甫借用前人的故事进一步自我开脱。他提到《南史·宋本纪上》中刘毅"一掷百万"的典故，意在表明豪杰之士行事有时如赌博般大胆。尽管输了，他仍旧口出狂言，为自己的行为找理由，流露出一种年轻人的自信和不拘一格。

整首诗通过对除夕夜赌博场景的描绘，展现了杜甫年轻时的豪放气概和对生活的激情，同时也反映了当时社会赌博成风的现象。诗中情感真挚，语言生动，以诙谐的反讽手法传达了杜甫对社会现状的思考。

宋·陈岩肖《庚溪诗话》:"澄江朱正民曰:今夕岁徂;值除夜也。更长烛明,夜守岁也。客舍无事而博塞,旅中借以遣兴也,在他时则不暇为此矣。不可孤,言不负此夕。冯陵,意气发扬貌。袒跣,袒臂跣足也。"

明·王嗣奭《杜臆》:"邂逅良图,谓失意中偶然遭遇,便成良缘,此贫人意想之词。"

贫交行

翻手作云覆手雨,纷纷轻薄何须数。
君不见管鲍贫时交,此道今人弃如土。

有些人交友时,像云雨般变化无常,趋炎附势、酒肉朋友让人鄙视。

反观古代管仲与鲍叔牙的不变之交,如今却被人视如粪土。

此诗大约作于唐玄宗天宝十一载(752年),当时杜甫在京城献赋后困守长安,过着"朝扣富儿门,暮随肥马尘。残杯与冷炙,到处潜悲辛"(出自《奉赠韦左丞丈二十二韵》)的生活。他深切感受到人情冷暖和世态炎凉,在无尽的感慨中写下了这首诗,以抒发内心的愤懑与无奈。

这首诗描绘了贫贱之交的主题。古时有歌谣云："采葵（kuí）莫伤根，伤根葵不生；结交莫羞贫，羞贫友不成。"这句话阐述了一个深刻的道理：只有在贫贱时才能找到真正的朋友，富贵时结交的朋友未必可靠。杜甫作为官员的后代，曾经拥有过富裕的生活，但在长安困顿之际，他亲眼目睹了形形色色的社会现象，体验了人情冷暖。这种反差让他的内心充满了悲愤与不平，于是，他提笔写下了这首诗。

诗的开篇"翻手为云覆手雨"形象地写出了人与人交往中的变化无常。有些人在你权势显赫时就像云一样聚集在你身边，而当你失意时，他们便如雨点般纷纷离去。这种变化无常让人感到既可怕又无奈。短短七个字，以生动的自然现象描绘了小人的嘴脸，深刻揭示了人情冷暖。后来的成语"翻云覆雨"便从此而来。

接着一句"纷纷轻薄何须数"表达了诗人对这种社会现象的鄙视与憎恶。"何须数"意为多得数不过来，三个字传达出诗人的满腔悲愤与绝望。面对如此广大的世界，这样轻薄的人却数不胜数，杜甫对这种风气的嫌恶在字里行间展露无遗。虽然诗人没有多加评说，但他的绝望和对黑暗社会的厌恶是显而易见的。

在这种境遇下，诗人想起了鲍叔牙和管仲的故事。《史记》记载，鲍叔牙与管仲交往时，了解到管仲的贤能。即便管仲贫困时曾欺负过他，鲍叔牙依旧善待并推荐他。最终，管仲辅佐齐桓公成就霸业，感慨道："生我者父母，知我者鲍叔牙也。"如今，"管鲍之交"已成为朋友间深厚情谊的代名词。

诗人通过"君不见管鲍贫时交"一句，感叹世人将这种美德弃若敝屣。通过"管鲍之交"这一典故，杜甫表达了对世风日下的愤慨和对真诚交往的向往，体现了他对真挚友谊的珍视和对现状的深切不满。整首诗不仅是对社会冷酷现实的揭露，也是对古代高尚友谊的缅怀，充分展现了诗人美好的情感和深刻的社会洞察力。

集评

清·浦起龙《读杜心解》：诗如谣，乐府体也。只起一语，尽千古世态。

清·爱新觉罗·弘历《唐宋诗醇》：朱鹤龄曰：太白云"前门长揖后门关"，公诗云"当面输心背面笑"，与此同慨。

兵车行

车辚辚，马萧萧，行人弓箭各在腰。

耶娘妻子走相送，尘埃不见咸阳桥。

牵衣顿足拦道哭，哭声直上干云霄。

道傍过者问行人，行人但云点行频。

或从十五北防河，便至四十西营田。

去时里正与裹头，归来头白还戍边。

边亭流血成海水，武皇开边意未已。

君不闻，汉家山东二百州，千村万落生荆杞。

纵有健妇把锄犁，禾生陇亩无东西。

况复秦兵耐苦战，被驱不异犬与鸡。

长者虽有问，役夫敢申恨？

且如今年冬，未休关西卒。

县官急索租，租税从何出？

信知生男恶，反是生女好。

生女犹得嫁比邻，生男埋没随百草。

君不见：青海头，古来白骨无人收。

新鬼烦冤旧鬼哭，天阴雨湿声啾啾。

译文

战车轰轰响，马儿低声嘶，士兵们腰间都挂着弓箭。

父母妻儿赶来送别，尘土飞扬，甚至看不见咸阳桥。

他们拉住士兵的衣服，跺着脚拦住去路哭泣，哭声直冲云霄。

路边的行人询问士兵，士兵只说征召的次数太频繁。

有的人十五岁就被送到北方去防守黄河，到了四十岁还得去西边屯田。

出发时里长给他们裹上头巾，回来的时候头发白了还得去驻守边疆。

边疆战事频繁，血流成海，武皇的开边政策没有停止。

你难道没听说吗？汉代山东两百多个州县，千村万落都长满了荆棘野草。

即使还有强壮的妇女耕种，田里的庄稼也长得零零落落。

更何况秦军耐苦战斗，被驱使得像鸡狗一样。

即使有长者询问，服役的人敢表达怨恨吗？

就像今年冬天，关西的士兵还没有得到休息。

官府急着征收租税，可是租税从哪里来呢？

我真的知道生男孩不好，反倒是生女孩好。

生女孩还可以嫁给邻居，生男孩却只能战死埋骨野草间。

你看见了吗？青海之滨，自古以来，白骨无人收。

新死的冤魂和旧鬼一起哭泣，阴雨绵绵中传来凄惨的啾啾声。

行，是乐府诗的一种体裁。《兵车行》是杜甫诗歌中的名篇。该篇约作于唐玄宗天宝十载（751年），当时，唐朝频繁对西北、西南少数民族发动战争。连年的战争，既让边疆的少数民族蒙受了巨大的灾难，也让中原地区的人民吃尽了苦头。杜甫对此非常不满，于是写下此旷世名篇。诗人以满腔的悲悯之情，含蓄而深刻地揭露了连年征战给人民带来的灾难，寄寓着诗人对劳动人民深切的同情，以及其强烈的反战观念。

"车辚辚，马萧萧，行人弓箭各在腰。"辚（lín）辚即车行走时的声音。行人即从军出征的人。诗歌从一个震撼人心的送别情景开始，车轮的隆隆声和战马的嘶鸣声中，穷苦百姓被迫换上戎装，佩戴弓箭，在官吏的押送下，奔赴战场。征夫的父母和妻儿在尘土飞扬的道路上，急切地寻找、呼喊着自己的亲人，他们拉着亲人的衣服，捶胸顿足，悲声呼号。扬起的尘土遮蔽了天空，甚至连咸阳桥都看不见了。千万人悲痛的哭声震耳欲聋，直冲云霄。

"耶娘妻子走相送"一句，表现了这个家庭失去顶梁柱的绝望，剩下的无非是一些老弱妇孺，这对一个家庭来说，无异于天塌地陷。一个普通的"走"字，蕴含着诗人深厚的情感。亲人被突然征召，匆忙踏上征途，家属们在这生离死别的瞬间，悲痛欲绝，情状悲切。诗人用"牵衣顿足栏道哭"这句，细腻地刻画出送行者的悲伤与绝望。整个场景中，车马人流、灰尘弥漫、哭声遍野，视觉与听觉交织在一处，集中展现了成千上万家庭破碎的悲剧。

然后，从"道傍过者问行人"开始，诗人通过一问一答的方式，让被征发的士兵直接倾诉心声。"道傍过者"即是行路人，也暗指诗人自己。诗中惨烈的场景是他亲眼所见，凄苦的言辞也是他亲耳所闻，这增强了诗的真实性。诗眼"点行频"一词，直指造成百姓妻离子散，社会凋敝的根源。接着用一个十五岁出征、四十岁仍在戍边的士兵为例，具体呈现"点行频"的真实情况。"边亭流血成海水，武皇开边意未已"，诗中的"武皇"影射唐玄宗。杜甫大胆地将矛头对准最高统治者，表达出对穷兵黩武政策的强烈抗议。

诗人在此笔锋一转，展开另一幅震撼人心的画面。用"君不闻"引出谈话，提醒读者关注内地的荒凉景象。诗中的"汉家"影射唐朝，华山以东的田园沃野，如今人烟稀少，田地荒芜，荆棘丛生，满目疮痍。诗人联想全国的凋敝景象，突出战争对内地的深重影响，两相对照，不仅扩展了诗的表现力，也加深了诗的思想深度。

从"长者虽有问"开始，诗人进一步深入刻画战争带来的精神桎梏。虽然征夫心有不满，却敢怒而不敢言，终于又忍不住倾诉而出。这种压抑与倾诉之间的张力，将征夫的苦衷和恐惧心理表现得淋漓尽致。诗中"大量壮丁被征发"之事，正是由于"武皇开边意未已"所致。"租税从何出？"与前文的"千村万落生荆杞"相呼应，前后照应，层层递进，对社会现实的揭露愈加深刻。这一段通过当事人的口述，从抓兵、逼租两方面揭示了统治者穷兵黩武带给人民的双重苦难。

诗人感慨地说道：如今生男不如生女好，女儿还能嫁给邻居，而儿子只能埋骨沙场。这是肺腑之言，是被压迫百姓的血泪控诉。长期的战争改变了人们重男轻女的传统观念，体现出战争对社会心理的严重摧残。最后，诗人用悲凉的笔触描绘古战场上白骨无人收的凄惨现实，阴风惨惨，鬼哭凄凄，场景凄凉，与开篇人声鼎沸的送别形成强烈对比。这些都是"开边未已"带来的恶果。在此，诗人的激情得到充分发挥，对唐王朝穷兵黩武的控诉达到高潮。

《兵车行》以其深刻的思想内涵和显著的艺术表现力，被历代推崇。诗歌将浓烈的情感融于叙事之中，无论是前段的场景描绘，还是后段的倾诉，杜甫的焦虑与忧思贯穿全诗。这篇叙事诗结构错落有致，前后呼应，变化开阖，井然有序。诗人通过生动的细节描写和情感表达，以民歌的语言和形式，强化了诗歌的感染力，使其成为杜甫诗作中的经典。

集评

宋·蔡宽夫：齐梁以来，文士喜为乐府词，往往失其命题本意。《乌生八九子》但咏乌，《雉朝飞》但咏雉，《鸡鸣高树颠》但咏鸡，大抵类此。甚有并其题而失之者，如《相府莲》讹为《想夫怜》，《杨婆儿》讹为《杨叛儿》之类是也。虽李太白亦不免此。唯老杜《兵车行》《悲青坂》《无家别》等篇，皆因时事，自出己意立题，略不更蹈前人陈迹，真豪杰也。

明·胡应麟：六朝七言古诗，通章尚用平韵转声，七字成句，读未大畅。至于唐人，韵则平仄互换，句则三五错综，而又加以开阖，传以神情，宏以风藻，七言之体，至是大备矣。又曰：少陵不效四言，不仿《离骚》，不用乐府旧题，是此老胸中壁立处。然风骚、乐府遗意，杜往往得之。太白以《百忧》等篇拟风雅，《鸣皋》等作拟《离骚》，俱相去悬远。乐府奇伟，高出六朝，古质不如两汉，较输杜一筹也。

高都护骢马行

安西都护胡青骢，声价欻然来向东。

此马临阵久无敌，与人一心成大功。

功成惠养随所致，飘飘远自流沙至。

雄姿未受伏枥恩，猛气犹思战场利。

腕促蹄高如踣铁，交河几蹴曾冰裂。

五花散作云满身，万里方看汗流血。

长安壮儿不敢骑，走过掣电倾城知。

青丝络头为君老，何由却出横门道。

译文

安西都护毛色青白相间的骢马，声名大噪，随着它主人东至长安。

骢马虽是牲畜，却有人的感情，全心全意帮助它的主人建立大功。

从前，骢马立功西域，如今，它随主人入朝，受着恩惠被豢养在厩里。

它不甘心接受伏枥豢养的恩惠，它并没有衰老，故时刻不忘建功沙场。

骢马的腕促蹄高，踏地如铁，只要几次，就能将交河的冰踏裂。

骢马身上的毛色如同五彩云锦，奔跑万里，流汗如血。

长安城里的壮年男子都不敢骑它，如果有驾驭高手骑着它风驰电掣驶过，全城的人都会知道。

戴上青丝络头老死，非它所愿，怎样才能跨出横门再立功疆场？

鉴赏

杜甫的《高都护骢马行》创作于唐玄宗天宝八、九载（749至750年）之间。当时，安西副都护高仙芝因战功卓著被召入朝，杜甫在此期间写下此诗。诗人通过骢（cōng）马的经历、雄姿和志向，映射自己困守长安的境遇与抱负，表达了强烈的施展才华的愿望。

这首咏马诗分为四段，每段四句，结构严谨，借物抒情，托物言志。首段介绍骢马的来历："安西都护胡青骢，声价歘（xū）然来向东。"这里，"骢"指青白相间的马，"歘然"意为迅速、突然。骢马随高仙芝东至长安，由于在西域的战功而声名骤增。接着描述骢马在边地助主人立下大功的经历，生动刻画了它的忠诚与雄心。

第二段描写骢马的性格，紧承首段意境。骢马曾在西域立功，如今在长安受到优待，但它不甘于此，仍渴望建功沙场。诗人借用曹操"老骥伏枥（lì）"，（"枥"指的是马槽），突出骢马的雄姿与猛气，隐喻自己虽困居京城，依然怀有壮志。

第三段描绘骢马的外貌与力量。良马腕短促蹄高，踏地如铁，能轻易蹴（cù）破交河的冰层。"交河"指古代的一条河流，地势险要。骢马的毛色如云锦，其力量与"汗血马"的特性使它能够驰骋万里，汗水如血。这一段为第四段的志向描写作了铺垫。

最后一段写骢马的才力和志向。由于其雄俊，长安的壮年不敢驾驭。骑术高超者骑它时如风驰电掣，显露出良马的风采。结尾用骢马的口吻表达志向：不愿老死槽枥间，而愿奔赴西域战场。"横门道"是通往西域的道路。通过感慨的语调，点明全诗的主题。

杜甫在这首诗中运用了独特的结构和紧密的前后照应。每段诗意相连，前后呼应，如行云流水，使骢马的形象鲜明生动，情感表达自然流畅。作为咏物诗，杜甫通过骢马的形貌、才力、品格和志向，细腻地反映了诗人自身的处境和抱负。诗中借物抒情、托物言志，展现得淋漓尽致。

此外，诗中讲究韵律，前三段各押一韵，末段二句押一韵，形成独特的韵律变化，结句的用韵被沈德潜高度评价。这种韵律处理增强了诗的表现力，使诗歌意境更加地引人入胜。

集评

明·张綖：凡诗人题咏，必胸次高超，下笔方能卓绝。此诗"雄姿未受伏枥恩，猛气犹思战场利"，"青丝络头为君老，何由却出横门道"，如此状物，不唯格韵特高，亦见少陵人品。若曹唐《病马》诗："一朝千里心犹在，曾敢潜忘秣饲恩。"乃乞儿语也。

清·杨伦《杜诗镜铨》：王阮亭云：此子美少壮时作，无一句不精悍。邵云：结有老骥伏枥之感。

秋雨叹三首·其二

阑风长雨秋纷纷，四海八荒同一云。

去马来牛不复辨，浊泾清渭何当分。

禾头生耳黍穗黑，农夫田妇无消息。

城中斗米换衾裯，相许宁论两相直。

　　秋风吹过，又下起了秋雨，连绵不断，久久不停，四周一片乌云笼罩。

　　眼前行走的马和远处走来的牛都难以辨认，混浊的泾水和清澈的渭水又怎能分清呢？

　　庄稼又长出耳朵状的新芽，穗子被淋得发黑快要腐烂，农民田妇的收成无法预估。

　　城里一斗米就能换到一床棉被，只要双方情愿，又何必计较它值不值呢？

鉴赏

　　杜甫的《秋雨叹三首·其二》创作于唐玄宗天宝十三载（754年），当时杜甫困居长安多年，已经四十三岁。这一年秋雨连绵下了六十多天了，关中地区饥馑不堪，民生困窘。然而，宰相杨国忠却粉饰太平，欺瞒唐玄宗，称"雨虽多，不害稼也"。在这种背景下，杜甫写下了《秋雨叹三首》，借以描述时局困境，寓讽谏之意。第二首诗尤其真实地描绘了久雨成灾的惨状，深刻反映了人民的疾苦和杜甫的忧思。

　　诗的开篇"两句写秋雨绵延不绝的场面："四海八荒同一云"，化用了陶渊明《停云》中的意境，描述了秋雨笼罩下的天地一片昏暗，"八表同昏"。这种久雨不止、范围广大的自然景象，揭示出当时灾情的严重性。

　　接着，诗中写道："去马来牛"，"去"指分辨，"来"指靠近。这源自《庄子·秋水篇》中描述河水暴涨时牛马难辨的景象。在秋雨连绵的情况下，河水泛滥，泾渭不分，这不仅描绘了水量之大，也暗示了环境的恶化。

　　在如此恶劣的环境下，农民的生活尤为艰辛。田地里的庄稼虽已抽芽，但长时间浸泡在雨水中，黍穗霉烂。面对严重的灾情，庞大的国家机器却没有人敢于揭露实情，农民的疾苦无法传达至朝廷。诗人痛心地写道"农夫田妇无消息"，表达了对人民生存困境的深切忧虑，也对朝政腐败的不满。

最后，诗人描述了城市中的物价飞涨情景，米价已贵得离谱，甚至只能用衾裯（qīnchóu）来换取少量米粮。衾指被子，裯指单被，这种以御寒之物换取食粮的交易，揭示了人们为求生存不得不忍受的不平等。杜甫细腻而深沉地表现出其中的悲苦，令人心痛。

整首诗通过细致的描绘和强烈的对比，展现了杜甫忧国忧民的情怀。他不仅为百姓的困境而感叹，更感到对国家未来的深重隐忧。诗人的忧愁和无奈融入字里行间，展现了其作为诗史的真实力量。作品语言精炼，却意蕴深远，杜甫在诗中倾注了对百姓疾苦和国家命运的深切关怀。

集评

明·王嗣奭《杜臆》：秋雨催寒，至出"衾裯"换米，非至急不尔，何暇计价耶？

清·杨伦《杜诗镜铨》：次方及淫雨。蒋云：暗影昏昏世界，是篇《秋霖赋》。

醉时歌

赠广文馆博士郑虔。

诸公衮衮登台省，广文先生官独冷。
甲第纷纷厌粱肉，广文先生饭不足。

先生有道出羲皇，先生有才过屈宋。

德尊一代常坎轲，名垂万古知何用。

杜陵野客人更嗤，被褐短窄鬓如丝。

日籴太仓五升米，时赴郑老同襟期。

得钱即相觅，沽酒不复疑。

忘形到尔汝，痛饮真吾师。

清夜沉沉动春酌，灯前细雨檐花落。

但觉高歌有鬼神，焉知饿死填沟壑。

相如逸才亲涤器，子云识字终投阁。

先生早赋归去来，石田茅屋荒苍苔。

儒术于我何有哉，孔丘盗跖俱尘埃。

不须闻此意惨怆，生前相遇且衔杯。

译文

无所事事的人都身居高位，而广文先生的官职却冷清寂寞。

豪门子弟吃腻了美味佳肴，而广文先生却常常食不果腹。

先生的品德高尚，超越了古代的羲皇，他的才学更是胜过屈原和宋玉。

可是那些品德高尚的人往往不被重用，即便名扬千古又有什么意义呢？

我这个杜陵的野客更加被人嘲笑，身穿粗布衣裳，鬓发斑白。

穷困潦倒，每天只能到官仓买五升米度日，经常拜访郑老，我们之间心灵相通。

得到一些钱就来往相见，毫不犹豫地买上好酒畅饮。

乐到忘形时，我呼唤你，一同痛饮的豪情真可谓是我的老师！

在寂静的夜晚，我们相互劝饮春酒，灯下雨声滴落如花瓣飘落。

狂欢高歌，仿佛有鬼神助兴，谁会想到人死后仍会被埋于沟壑呢。

司马相如有才华却只能自己洗刷食器，扬雄能识字却最终跳下天禄阁。

先生还是早些写一篇《归去来辞》吧，免得田地荒芜，茅屋长满苔藓。

儒家学问对我又有什么用呢？连孔子和柳下跖都已化作尘土。

听到这些话，不必感到悲伤，我们在世时相遇，还是尽情地喝酒吧。

鉴赏

杜甫的《醉时歌》大概写于天宝十四载（755年）春天，这时他已在长安困居十年之久。因仕途坎坷，社会黑暗，杜甫的愤懑之情日益加重。这首诗是写给杜甫的好友郑虔的，郑虔是当时著名的学者，以诗、书、画"三绝"而闻名。天宝初年，郑虔因被指控"私修国史"被贬谪十年，回到长安后任广文馆博士。郑虔性情旷达不羁，喜好饮酒，杜甫对他非常敬仰，尽管两人年龄有差异，却交情深厚。郑虔的境遇和杜甫相似，都是怀才不遇。

全诗分为四段，前两段各八句，后两段各六句。第一段中，杜甫用"诸公"的显贵地位与郑虔的卑微处境形成鲜明对比。"衮衮"意为相继不绝，而"台省"指高官显职。这些人未必都具备才能，却个个飞黄腾达，而广文先生却因贫穷地位低下，食不果腹。这一段通过对比，突出郑虔的"官独冷"和"饭不足"。接下来，杜甫为广文先生抱不平，认为他的品德超过古代的羲皇，才学胜过屈原和宋玉，但这些都无法改变他仕途坎坷的命运。

第二段转向"杜陵野客"，即杜甫自己，描写他和郑虔的忘年之交，两人如涸泉中的鱼，相濡以沫。"时赴郑老同襟期"和"得钱即相觅"描述了他们频繁的往来，分享心事，畅饮解愁。

第三段是全诗的高潮，前四句中，杜甫借酒放歌，情感激烈，犹如神来之笔。后两句以古代才士的命运宽慰郑虔，同时包含愤慨。司马相如虽才华出众，却曾亲自洗食器卖酒；扬雄因牵连而被迫自杀。这些例子意在表明才华横溢的人也难逃命运的捉弄，与开头"诸公衮衮登台省"形成对照，强化批判。

末段充满无奈与愤激之情。杜甫质疑儒术的实用性，感叹孔子与盗跖在世间的无奈。他这种评议不仅是对儒术的反思，也包含对时政的含蓄讽刺，表达出诗人对人生困境的自我解嘲和慰藉。最后以"痛饮"作结，显示出杜甫旷达的胸怀。

杜甫的这首诗兼具悲壮与豪放，其中以悲慨为主，表现出诗人对社会不公的不满。结构上，前段对比鲜明，推动情感发展；中段通过变换句型和韵脚，增强诗情的递进；结尾则以慷慨激昂的语句，表达出一种放逸不羁的精神。整首诗不仅是对个人际遇的感慨，更是一种对时局与人生的深刻洞察。

集评

明·王嗣奭：此篇总属不平之鸣，无可奈何之词，非真谓垂名无用，非真谓儒术可废，亦非真欲孔、跖齐观，又非真欲同寻醉乡也。公咏怀诗云"沉醉聊自遣，放歌破愁绝"，即可移作此诗之解。

明·卢世㴶：《醉时歌》纯是天纵，不知其然而然，允矣高歌有鬼神也。按圣人至诚无息，与天合德，其浩然之正气，必不随死俱泯，岂可云圣狂同尽乎？诗云"孔跖俱尘埃"，此袭蒙庄之放言，以浇醉后之牢骚耳，其词未可以为训也。欧阳公作《颜跖》诗，说生前死后，胸怀品格，悬隔霄壤，方是有功名教之文。

赠卫八处士

人生不相见，动如参与商。

今夕复何夕，共此灯烛光。

少壮能几时？鬓发各已苍。

访旧半为鬼，惊呼热中肠。

焉知二十载，重上君子堂。

昔别君未婚，儿女忽成行。

怡然敬父执，问我来何方。

问答未及已，儿女罗酒浆。

夜雨剪春韭，新炊间黄粱。

主称会面难，一举累十觞。

十觞亦不醉，感子故意长。

明日隔山岳，世事两茫茫。

译文

　　世上的挚友总是难以相见，如同天上互不相见的参星和商星。

　　今天是什么好日子，竟然有幸与你在灯下畅谈旧情。

青春岁月能有几何？不知不觉间你我已是鬓发斑白。

听闻许多朋友已阴阳两隔，听到你的声音让我心潮澎湃。

没想到我们已分别二十年，如今还能再次造访你的家。

还记得当年分别时你尚未成家，如今见到你已儿女成群。

他们恭敬地对待父亲的老朋友，热情地询问我从哪里而来。

简短的寒暄还未结束，你便已吩咐他们准备筵席。

孩子们连夜冒雨割来新鲜的韭菜，米饭里夹杂着香喷喷的黄米。

你感叹我们难得相聚，于是端起酒杯与我畅饮，连干十杯。

即便如此，我也未醉，因为感受到了你深厚的情谊。

明日我们将再度分别，被山水阻隔，从此再难有叙旧共饮的机会。

鉴赏

　　杜甫的《赠卫八处士》是一首充满深情的作品，表达了在乱世中与故友重逢的复杂情感。这首诗创作于唐肃宗乾元二年（759年），当时杜甫被贬为华州司功参军，期间他拜访了少年时代的友人卫八处士。诗中充满了对离别、重逢、岁月流逝的感慨，具有很高的艺术价值。

　　开篇"人生不相见，动如参（shēn）与商"，巧妙地借用了天上参星和商星永不相见的典故，传达了人与人之间难得相聚的感受。"参商"是二星名，典出《左传·昭公元年》："昔高辛氏有二子，伯曰阏伯，季曰实沉。居於旷林，不相能也。日寻干戈，以相征讨。后帝不臧，迁阏伯於商丘，主辰，商人是因，故辰为商星。"

　　这种以天象比喻人生的手法，不仅生动形象，而且为全诗定下了感慨深沉的基调。诗人感叹今夜是何等的良辰，竟能够与老友在烛光下叙旧。这里，杜甫巧妙地将悲喜交织在一起，在离乱的背景下渲染出浓厚的情感张力。

接下来的"少壮能几时，鬓发各已苍"，简洁地表达了岁月流逝的无奈。别离时两人尚年轻，如今已是鬓发斑白。这样的对比，进一步加深了诗人对时光飞逝的惋惜和惊悸。杜甫出色地抓住了容颜变化这一细节，刻画出时间带来的巨大冲击。

诗中提到"问讯半命丧"，表达了对许多故友已阴阳相隔的痛惜。这里的"半命丧"不仅指出朋友的离世，更隐含了战乱带来的巨大代价。杜甫用简洁的几句话，就传达出了时代的苦难以及个人的深切哀痛。

在与友人重聚的时刻，杜甫对眼前景象的描绘充满温情。卫八的儿女彬彬有礼，展示了家庭的和谐美好。"问我来何方，问答乃未已"表现出简短而温馨的寒暄，体现出朋友间的默契和真情。尽管有路途的颠簸，诗人却只轻轻一笔带过，显示出内心的宁静与满足。

友人卫八的热情款待，虽是家常饭菜，却因情意满满而显得格外珍贵。冒夜雨割来的新鲜韭菜，和香喷喷的黄米饭，是老友间不拘形式的真挚情谊的体现。杜甫以质朴的语言，刻画出一种别样的温馨，令人感动。

诗的结尾以"明日隔山岳，世事两茫茫"呼应开头，表达了对未来离别的不舍和对世事无常的深沉感慨。这样的结尾不仅深化了主题，也使得全诗在沉郁顿挫中更显苍凉之美。

《赠卫八处士》通过细腻的描写与真挚的情感，将个人的离愁与时代的动荡交织在一起，既有对乱世的无奈，又有对人情美的珍视。杜甫成功地将个人情感放置于广阔的社会背景中，不仅增强了诗的感染力，也使得这首诗成为后人赞赏不已的佳作。

明·王嗣奭《杜臆》：信手写去，意尽而止，空灵宛畅，曲尽其妙。

清·浦起龙《读杜心解》：古趣盎然，少陵别调。一路皆属叙事，情真、景真，莫乙其处只起四句是总提，结两句是去路。

九日寄岑参

出门复入门，雨脚但仍旧。

所向泥活活，思君令人瘦。

沉吟坐西轩，饭食错昏昼。

寸步曲江头，难为一相就。

吁嗟乎苍生，稼穑不可救。

安得诛云师？畴能补天漏？

大明韬日月，旷野号禽兽。

君子强逶迤，小人困驰骤。

维南有崇山，恐与川浸溜。

是节东篱菊，纷披为谁秀。

岑生多新诗，性亦嗜醇酎。

采采黄金花，何由满衣袖。

方欲应邀出门造访，又返回门内，那密集落地的雨点只是依然下个不停。

去往你家的道路泥泞，欲去看望于你，无法启行，想你想得我容颜消瘦。

我独自坐在西窗下深思不已，连吃饭也辨不清是黄昏还是白天。

虽然我距您的住处很近，却难得去与您会面一次。

唉，可怜！那些受苦受难的老百姓，被水淹毁的庄稼是无可挽救了。

怎么才能除去那可恶的云师？谁能去将那天漏处补住？

日、月隐去了光辉，禽兽在空旷的原野里哀号。

官员们勉强做出从容自得的样子，老百姓却只能用双脚在泥泞中艰难奔走。

城南边有座终南高山，恐怕它也会被那急流的河水淹没漂走。

今天这个重阳佳节，东篱的菊花你在为谁开的这么好？

岑参先生有很多新诗，生性也特别喜欢香醇的美酒。

雨中，眼看着那样繁多的黄菊花，怎能使你的衣袖装满呢？

鉴赏

《九日寄岑参》作于唐玄宗时期，属于寄赠之作，相当于一封诗歌体的书信。当时长安地区连降大雨六十余日，导致关中大地饥荒，农田被淹，庄稼无法抢救。这首诗是杜甫写给好友岑参的诗歌体书信，既表达了对友人的思念，也反映了对社会局势的忧虑。

诗分为三个部分。第一部分，从"出门复入门"到"难为一相就"，描述了因大雨阻隔，杜甫无法拜访住在曲江的岑参，虽然两地不远，却因天气原因而未能成行。在重阳节这样一个本该共赏秋菊、把酒论诗的日子里，无法相聚的遗憾之情溢于言表。

接下来的第二部分，从"吁嗟乎苍生"到"小人困驰骤"，杜甫从这场大雨联想到百姓的艰难处境。虽然这段看似与岑参无关，但两人同为诗人，一直关心民生疾苦，因此这样的转折自然而然，既展现出对友人的忧虑，也流露出对百姓的深切同情。

第三部分，从"维南有崇山"到诗的结尾，又回到岑参的诗歌创作活动。杜甫不仅表达了对岑参诗才的欣赏，还隐含了希望通过诗歌反映社会现实的愿望。尽管有评论认为诗中可能隐喻当时的朝政问题，但无论如何，杜甫对苍生疾苦的关注和同情是显而易见的。

值得注意的是，天宝十三载秋，宰相杨国忠曾向玄宗谎称大雨无损庄稼，实际上却是灾情严重，这也为杜甫的忧虑提供了背景。这首诗以其情感真挚和语言精练著称，既表达了对友人的怀念，也反映了诗人对社会现实的深切关注，读来令人动容。

集评

明·张綖：此诗忧国家危乱将至，而气象愁惨，《邶》之"北风其凉，雨雪其雱。惠而好我，携手同行"，意正相似。

明·王嗣奭《杜臆》卷一，云："遵岩极赏此诗，谓唐人尽拜下风，固未必然；然起来四句，却有情致。'诛云师'，指佞臣如杨国忠辈。'天漏'，暗指玄宗之失德也。"

送孔巢父谢病归游江东兼呈李白

巢父掉头不肯住，东将入海随烟雾。
诗卷长留天地间，钓竿欲拂珊瑚树。

深山大泽龙蛇远，春寒野阴风景暮。

蓬莱织女回云车，指点虚无是征路。

自是君身有仙骨，世人那得知其故。

惜君只欲苦死留，富贵何如草头露？

蔡侯静者意有余，清夜置酒临前除。

罢琴惆怅月照席：几岁寄我空中书？

南寻禹穴见李白，道甫问信今何如！

译文

孔巢父摇头不停地离开长安，打算前往东海，随烟波远去。

愿将他的诗篇永远留在人世，放下钓竿、采珊瑚以谋生。

他像隐居深山一样遁世而去，这时候正值春寒料峭，景物萧瑟。

仙女们驾着云车而来，指引他归隐于缥缈虚无之地。

大家都认为他有仙风道骨，谁知道他离开长安归隐的原因呢？

珍惜孔巢父的人想努力挽留，应明白荣华富贵如同草尖上的露水般短暂！

蔡侯是看淡名利的人，趁着凉爽的夜晚在庭中设宴为他送行。

失意时停止弹琴，面对孤月和空荡的席位，何时能从仙界收到他的书信？

向南寻找禹穴如果见到李白，请代我问候他现在过得如何！

鉴赏

《送孔巢父谢病归游江东兼呈李白》是唐代诗人杜甫为友人

孔巢父所作的一首送别诗，创作于唐玄宗天宝六载（747年）春。通过这首诗，杜甫表达了对孔巢父的敬仰和不舍之情，也展现了他对隐逸生活的向往。

孔巢父因为谢病而决定离开，诗中开篇写道："巢父掉头不肯住，东将入海随烟雾。"这两句生动地描绘出孔巢父那种不愿久居一地、追求自由的生活态度，仿佛他将乘烟雾消逝于东海，给人一种超然物外的感觉。

接着，诗人赞美孔巢父的才华："诗卷长留天地间，钓竿欲拂珊瑚树。"在杜甫眼中，孔巢父的诗篇如同永恒的存在，而他对自然的热爱则如同用钓竿去触碰海底的珊瑚，表达了对自然灵感的追求。

"深山大泽龙蛇远，春寒野阴风景暮。"这两句描绘了孔巢父隐居的环境，那是一片远离尘世喧嚣的宁静与美丽，而杜甫自己则感受到了春日的寒意和自然景象的萧瑟。

诗人用神话传说中的意象："蓬莱织女回云车，指点虚无是征路。"表达了孔巢父回归自然的愿望，以及自己对友人去向的茫然。这种借用神话的手法，增添了诗的神秘和浪漫色彩。

杜甫对孔巢父的超凡气质深表赞赏："自是君身有仙骨，世人那得知其故。"他理解朋友不追求世俗名利的选择，甚至为无法挽留他而感到惋惜："惜君只欲苦死留，富贵何如草头露？"这些句子不仅赞美孔巢父的清高，也反映了对世俗荣华的轻视。

接下来，诗人回忆与友人共度的时光："蔡侯静者意有余，清夜置酒临前除。罢琴惆怅月照席，几岁寄我空中书。"表达了他们之间深厚的友谊，以及杜甫在宁静夜晚中的思念与惆怅。

整首诗通过自然景物的描绘和深情的语言，不仅表达了对孔巢父的赞美和惜别之情，还展现了杜甫心中对隐逸生活的向往，以及他对友谊的珍视。诗中的情感真挚而细腻，令人动容。

集评

宋·王洙：一本云："巢父掉头不肯住，东将入海随烟雾。书卷长携天地间，钓竿欲拂三珠树。我拟把袂苦留君，富贵何如草头露。深山大泽龙蛇远，花繁草青春日暮。仙人玉女回云车，指点虚无引归路。若逢李白骑鲸鱼，道甫问讯今何如。"按：别本止十二句，语虽简净，然少宕逸风神，还依诸家本为正。

南朝·刘勰：七言成章，必优柔和平。长短措词，贵抑扬顿挫。

明·谢榛：七言长古之法，如波涛初作，一层紧一层，拙句不失大体，巧句不害正气，铺叙意不可尽，力不可竭，贵有变化之妙。

饮中八仙歌

知章骑马似乘船，眼花落井水底眠。

汝阳三斗始朝天，道逢麹车口流涎，恨不移封向酒泉。

左相日兴费万钱，饮如长鲸吸百川，衔杯乐圣称世贤。

宗之萧洒美少年，举觞白眼望青天，皎如玉树临风前。

苏晋长斋绣佛前，醉中往往爱逃禅。

李白一斗诗百篇，长安市上酒家眠。

天子呼来不上船，自称臣是酒中仙。

张旭三杯草圣传，脱帽露顶王公前，挥毫落纸如云烟。

焦遂五斗方卓然，高谈雄辨惊四筵。

贺知章醉酒后骑马，摇摇晃晃，如同在乘船。他眼花缭乱掉进了井里，竟然在井底睡着了。

汝阳王李琎喝了三斗酒后才去拜见皇帝。路上遇见一辆装满酒曲的车，酒香引得他直流口水，为自己没能被封到水味如酒的酒泉郡而感到遗憾。

左相李适之在每日的兴致中不惜花费万钱，喝酒像巨鲸吞水一般。他自称痛饮是为了不理政事，好让贤能之士上位。

崔宗之是一个风度翩翩的美少年，饮酒时，常常仰望青天，他的俊美如同风中的玉树。

苏晋虽在佛前守斋吃素，但一喝起酒来就把佛门的戒律忘得一干二净。

李白喝下一斗酒，立刻能写下百篇诗作，他在长安的酒馆饮酒，常常醉倒在酒家。皇帝在湖池上宴游，召他作诗作序，他因为醉酒不愿上船，自称是酒中之仙。

张旭喝了三杯酒，便挥毫写字，被当时的人称为草书圣人。他常常不拘小节，在王公贵族面前脱帽露出头顶，迅速挥笔书写，仿佛得到了神的帮助，其书法如同云烟倾泻在纸上。

焦遂喝下五杯酒，才觉精神振奋。在酒席上高谈阔论，常常让在座的人惊讶不已。

鉴赏

杜甫的《饮中八仙歌》创作于唐玄宗天宝五载（746年）李适之罢相之后，七月被贬宜春之前。这段时期内，以李白为中心的"饮中八仙"在长安一带颇为有名。《饮中八仙歌》通过描述八位醉态各异的诗酒人物，展现了盛唐时期文士们的狂放旷达。

诗歌开篇描绘了贺知章的醉态。贺知章是吴越人，惯于乘船，因此杜甫将他骑马醉态比作乘船。诗中刻画他醉极跌入井中，仍在水底酣睡，表现出他的洒脱与不羁。接着，汝阳王李琎喝了三斗酒才去上朝，见到酿酒车甚至流下口水，表现出他对酒的贪恋，即便在朝廷礼仪面前，他亦毫不在意。这既是对汝阳王性格的夸张表现，也是一种隐喻性的调侃。

接下来是对左相李适之的描写，他热衷于招待宾朋，日耗万钱。即便罢相后，他仍能以醉酒之态无视官场的沉浮与世态的炎凉，杜甫用"乐圣"来形容他这种潇洒超然的精神状态。崔宗之则以潇洒年少著称，诗中描绘他醉后把酒望天，神态如玉树临风，傲岸不群，表现出高洁脱俗的风姿。

苏晋原为虔诚的佛教徒，而在醉酒后常常逃禅，由此看出酒对他的解放作用，能够使他暂时摆脱佛门戒律的束缚。至于李白，他"斗酒诗百篇"的佳话流传甚广，而杜甫则着重刻画他醉酒不赴天子之召的情景，将他塑造成不受世俗羁绊的"酒中仙"。

张旭以草书闻名，每每醉后，挥笔如有神助，杜甫写他在王公面前不拘礼节，表现出一种狂放不羁的艺术家气质。焦遂虽为布衣，却能在醉后高谈雄辩，语惊四座，显示出其特立独行的个性。

整首诗通过这些形象各异的醉中八仙，表现出一种超凡脱俗的精神状态。这种狂放和自由正是杜甫心目中盛唐时代的理想精神。然而，天宝年间，这种精神逐渐失去了其存在的社会条件。杜甫在诗中不仅仅是对这些人物的生动描绘，也是在怀念那即将消逝的开元盛世精神。

《饮中八仙歌》在结构上独具匠心，八位人物的描写错落有致，各自成章但又浑然一体，展现了杜甫高超的文学技巧和深刻的洞察力。通过对八位人物的狂态描绘，杜甫传达了一种深刻的文化精神内涵，成为中国古典诗歌中一颗璀璨的明珠。

明·唐汝询：柏梁诗，人各说一句，八仙歌，人各记一章，特变其体耳，重韵何害。

明·王嗣奭《杜臆》曰：此系创格，前古无所因，后人不能学。描写八公，各极生平醉趣，而都带仙气。或两句，或三句、四句，如云在晴空，卷舒自如，亦诗中之仙也。

清·吴见思：此诗一人一段，或短或长，似铭似赞，合之共为一篇，分之各成一章，诚创格也。

丽人行

三月三日天气新，长安水边多丽人。

态浓意远淑且真，肌理细腻骨肉匀。

绣罗衣裳照暮春，蹙金孔雀银麒麟。

头上何所有？翠微𦆎叶垂鬓唇。

背后何所见？珠压腰衱稳称身。

就中云幕椒房亲，赐名大国虢与秦。

紫驼之峰出翠釜，水精之盘行素鳞。

犀箸厌饫久未下，鸾刀缕切空纷纶。

黄门飞鞚不动尘，御厨络绎送八珍。

箫鼓哀吟感鬼神，宾从杂遝实要津。

后来鞍马何逡巡，当轩下马入锦茵。

杨花雪落覆白𬞟，青鸟飞去衔红巾。

炙手可热势绝伦，慎莫近前丞相嗔！

译文

阳春三月,天气清新,长安的曲江河畔聚集了许多佳丽。

她们姿态端庄,神情高雅,文静自然,肌肤丰润,体态匀称。

她们的衣衫是绫罗绸缎,与暮春的景色相映成趣,上面用金丝绣着孔雀图案,银线刺着麒麟花纹。

头上佩戴着什么样的珠宝首饰呢?是用翡翠制成的花饰,垂挂在两鬓之间。

从她们的背后可以看到,珠宝镶嵌的裙腰稳妥合身。

其中几位是后妃的亲戚,包括虢国夫人和秦国夫人。

青黑色的蒸锅中摆着褐色驼峰,水晶盘里盛着鲜美的白鳞鱼。

她们手持犀角筷子,却久久没有动,厨师们空自忙碌。

宦官们骑马疾驰而来,小心翼翼不敢扬起灰尘,御厨们络绎不绝地送来海味山珍。

笙箫鼓乐声缠绵悠扬,仿佛能感动鬼神,宾客和随从都是达官显贵。

其中一位骑马的官员趾高气扬,来到车前便下马,踩着绣毯走入帐中。

杨花如白雪般飘落,覆盖在水中的浮萍上,青鸟飞去,衔起地上的红丝帕。

杨家的气焰高涨,权势无与伦比,最好不要靠近,以免惹恼丞相,招来斥责。

鉴赏

杜甫的《丽人行》是其新题乐府中的一首特例作品。虽然"丽人行"这一题目在汉代刘向的《别录》中已有记载,但在元积看来，它仍属于新题。天宝十一载（752 年），杨国忠担任右丞相，这首诗可能创作于次年春天。当时，三月三日上巳节是古代女子在水边祓（fú）除不祥的日子，曲江踏青是长安的风俗，因此曲江河畔聚集了众多的美人，普通百姓也因此有机会见到宫廷贵妇们出游的景象。

诗的开头描绘了曲江水边众多美人的姿态与服饰之美。她们气质娴雅，肌肤细腻，身材匀称，绣罗衣裳与暮春景色相互辉映，上面绣满了金色的孔雀和银色的麒麟。头上的珠宝首饰是用翡翠制成的花饰，垂挂在鬓边。背后的裙腰上镶嵌着珠宝，贴身合体。这些对美人的描写出自旁观者的赞叹，与汉乐府《陌上桑》、古诗《羽林郎》和曹植的《美女篇》等作品有相似之处。杜甫巧妙地运用自问自答的句式，将头饰和裙腰的描写分开，使得整段描绘更加生动灵活，避免了辞藻的堆砌。

在众多丽人中，尤为突出的有虢（guó）国夫人、秦国夫人等外戚。接下来，诗人形容了宴会上的珍馐佳肴：翡翠锅中煮着紫色的驼峰炙，水精盘里盛着白色的鲜鱼羹。尽管佳肴珍馐，但因为吃腻了，她们久久没有动筷，厨师们白白切了细丝。而御厨们仍然络绎不绝地送来各种珍贵的食品。杜甫通过这些细节，展示了皇家的奢华野宴场面和三夫人的特殊宠遇。

在音乐和杂沓的仆从中，诗人引入了一位迟来者，他骑马而来，趾高气扬，直入锦绣地毯铺就的小轩。此时，诗人巧妙地插入了两句看似写景的句子：杨花如雪般飘落，覆盖水面的白萍；青鸟飞去，衔起地上的红丝帕。杨花、萍、蘋虽为三物，实为一体，暗指杨国忠与虢国夫人等兄妹关系。青鸟则是男女间信使的象征，意在暗指杨国忠与虢国夫人的不正当关系。

诗的结尾写游人被禁止靠近，以免惹怒势焰正盛的杨国忠。杜甫直到结尾才点明迟来者正是杨国忠，由此将全诗推向高潮，又迅速戛然而止。结合历史记载中杨国忠与虢国夫人的不检点行为，诗中蕴含的讽刺意味不言而喻。

正如浦起龙所言，杜甫《丽人行》"无一讥刺语，描摹处，语语讥刺"。诗意在于讽刺外戚权贵的骄奢淫逸，杜甫通过浓重的色彩和细腻的描写，将杨国忠兄妹的奢华生活淋漓尽致地展现出来，讽刺意味自然而然地流露其中。这不仅丰富了女性描写的传统手法，也揭示了元稹视之为新题乐府的原因。杜甫直接点出"虢与秦"和"丞相"之名，直刺时事，突破了传统乐府诗借古喻今的界限。

集评

明·陆时雍：诗，言穷则尽，意亵则丑，韵软则庳。杜少陵《丽人行》，李太白《杨叛儿》，一以雅道行之，故君子言有则也。又曰：色古而厚，点染处不免墨气太重。

清·卢元昌：中云"赐名大国虢与秦"，后云"慎莫近前丞相嗔"，玩此二语，则当时上下骄淫，渎伦乱礼，已显然言下矣。

清·浦起龙《读杜心解》：无一刺讥语，描摹处语语刺讥；无一慨叹声，点逗处声声慨叹。

乐游园歌

乐游古园崒森爽，烟绵碧草萋萋长。

公子华筵势最高，秦川对酒平如掌。

长生木瓢示真率，更调鞍马狂欢赏。

青春波浪芙蓉园，白日雷霆夹城仗。

闾阖晴开昳荡荡，曲江翠幕排银榜。

拂水低徊舞袖翻，缘云清切歌声上。

却忆年年人醉时，只今未醉已先悲。

数茎白发那抛得？百罚深杯亦不辞。

圣朝亦知贱士丑，一物自荷皇天慈。

此身饮罢无归处，独立苍茫自咏诗。

译文

　　古老的乐游园地势高出树木参天，连绵的碧草生长得很茂盛。

　　杨长史的筵席设在园中最高处，对饮美酒俯视秦川，秦川平坦得像手掌。

　　主人用长生木瓢盛酒，表明他的真率，贺酒之后又让客人骑上鞍马狂欢游赏。

　　春季的芙蓉园内碧波荡漾，晴日当空雷霆骤响，原来是天子出游时声势浩大的仪仗。

　　曲江岸边官殿巍峨，门户大开多么壮阔！游宴的帐幕如绚丽的烟霞势排银榜。

　　画船上的美人舞袖低回轻拂水面，歌女们嘹亮的清音，宛转随云到青天上。

　　回想以前，每年的今天我都喝得酣醉，今日还没有喝醉而心已先悲。

　　年岁渐老，稀疏的白发哪里肯放过我？即便罚我多次喝下满杯酒也不推辞！

　　身居圣朝却长期贫贱我已自知丑陋，眼前一草一木尚且蒙受皇天的恩慈。

　　酒宴已散众人皆去只有我无处可归，独自站在苍茫的暮色中吟出了这首诗。

鉴赏

　　《乐游园歌》创作于唐玄宗天宝十载（751年），此时杜甫身处长安，生活窘迫。中和节（唐代一个节日，在正月最后一天），杜甫受邀参加贺兰杨长史的宴会，酒醉之际写下此诗，表达了内心的无限感慨。

　　诗的开头描绘了乐游园的美景。前两句写园中景色，接下来的句子描绘了乐游园的周边环境。杜甫通过这些景物描写，展现了地势的高敞与胸襟的开阔，仿佛在繁华的城市中获得了一丝心旷神怡的感觉，堪比王维《辋川集》中的悠然之景，但杜甫的笔力则更显雄浑。

　　诗中"秦川对酒平如掌"一句，引出了对皇帝游乐场景的想象。据《两京新记》记载，开元年间建造的夹城通向曲江芙蓉园，杜甫于此幻想皇帝与宠幸之人在南苑的游乐场景。"酌瓢"与"调马"暗指皇帝唐玄宗。他信仰道教，追求长生不老，偶尔也会用"长生木瓢"饮酒以示质朴。然而，当面临良辰美景时，他又无法抑制内心的凡人情欲，转而"调鞍马"狂欢作乐。

　　杜甫将自己的观感融入诗中，先描绘乐游园的高敞地势，再引发对皇帝游幸的隐晦想象。由于距离皇帝的活动很远，杜甫只能依靠想象揣测实情。他虽看到了些许动静，但难以确定皇帝的具体行踪。因此，诗中以含混的言辞表现这一情景。即便心知皇帝在南苑寻欢作乐，杜甫也无法直言其事，只能含蓄表达，这种支吾其词的写法，反而突显了诗中的情感张力。

　　最后，杜甫将思绪回到自身身世，以深沉的慨叹结束全诗。诗人思路清晰，从游园写景到感慨人生，过渡自然。相比同时期的其他作品,《乐游园歌》虽不及《前出塞》《兵车行》等作品的成就,但其画面的繁复与情感的变化,展现了杜甫"沉郁顿挫"诗风的初步形成,标志着他诗艺的逐渐成熟。

整首诗通过宴饮游赏的细节,反映出杜甫对贵戚专宠的忧虑和个人身世的无奈。诗中景象繁杂、情感浓烈,体现了杜甫在这一时期独特的艺术风格和深刻的社会洞察力。

集评

明·高棅《唐诗品汇》:刘云:婉转有态("缘云清切"句下)。刘云:语达自别("却忆年年"二句下)。刘云:每诵此结不自堪。又云:吾常堕泪于此。

明·王嗣奭《杜臆》:"此身饮罢无归处",境真语痛,非实历安得有此?

清·仇兆鳌《杜诗详注》:上文语涉悲凉,末作发兴语,方见。

哀江头

少陵野老吞声哭,春日潜行曲江曲。
江头宫殿锁千门,细柳新蒲为谁绿?
忆昔霓旌下南苑,苑中万物生颜色。
昭阳殿里第一人,同辇随君侍君侧。
辇前才人带弓箭,白马嚼啮黄金勒。
翻身向天仰射云,一笑正坠双飞翼。

明眸皓齿今何在？血污游魂归不得。

清渭东流剑阁深，去住彼此无消息。

人生有情泪沾臆，江水江花岂终极！

黄昏胡骑尘满城，欲往城南望城北。

译文

祖居少陵的老人默默地流泪，春天悄然来到了曲江的岸边。

江边的宫殿千门紧闭，细细的柳条和新发的水蒲又为谁而青翠？

回忆起当年皇帝的仪仗彩旗抵达南苑，苑中万物因此焕发光彩。

昭阳殿的首席美人也随车出游，伴随侍奉在皇帝身边。

车辇前的宫女们佩戴弓箭，白马衔着黄金制成的马勒。

她们翻身射向天空的云，一笑之间，那双飞的鸟儿便落地。

那明眸皓齿的杨贵妃如今何在？鲜血染污了她的魂魄，再也无法归来！

清清的渭水向东流去，剑阁是那么遥远，离去的人和留下的人再无音讯。

人生多情，泪水打湿了胸口，江水的流淌与江花的绽放何时终止？

傍晚时分，胡人的骑兵卷起满城的尘土，我想前往城南，却走向了城北。

鉴赏

杜甫的《哀江头》创作于唐肃宗至德二载（757 年）春天，此时的杜甫正处于国破家亡的痛苦现实中。此前的至德元载

（756 年）秋天，安禄山攻陷长安，杜甫从鄜（fū）州出发，计划投奔新即位的唐肃宗。不幸的是，他被安史叛军抓获，并被带到了已被占领的长安。杜甫重返故地，面对满目疮痍的景象，内心的痛苦难以言表。第二年春天，他成功脱逃，沿着长安城南的曲江漫步。曲江曾是皇家贵族、官员和贵妇们游览的胜地，看到眼前的荒凉，杜甫不禁回忆起唐玄宗与杨贵妃游于芙蓉苑时的盛况，心中百感交集，感伤不已。正是在这样复杂的情感之中，《哀江头》一诗应运而生，成为杜甫内心痛苦的真实写照。

　　"少陵野老吞声哭"至"细柳新蒲为谁绿？"刻画了长安沦陷后的曲江景象。曲江曾是长安著名的游览胜地，开元年间经过修建，亭台楼阁、奇花异卉遍布，一到春天，车马络绎不绝，繁华无比。但这一切都已成为过去。杜甫用"少陵野老吞声哭，春日潜行曲江曲"开篇，展现了一个悲痛至极的老人在曲江幽僻处偷偷哭泣的场景。诗中的"少陵野老"指代杜甫自己，"吞声"则是指压抑着无法放声大哭的悲哀。"潜行"说明诗人不敢在游览胜地光明正大地行走，只能在无人注意的角落里低调地徘徊。重复的"曲"字不仅点名了地点，也传达出一种愁肠百结、难以言表的痛苦。"江头宫殿锁千门，细柳新蒲为谁绿？"描绘了诗人所见的景象。成百上千的宫殿紧锁大门，昔日的辉煌已不复存在。"细柳新蒲"的美景如今却无人欣赏，"为谁绿"一问将诗人的无限伤感与凄凉情绪推向高潮。

　　"忆昔霓旌下南苑"至"一笑正坠双飞翼"则回忆了安史之乱前曲江的繁华景象。以"忆昔"两字转入回忆，引出一段生动的繁华画面。诗句中的南苑即曲江南侧的芙蓉苑，唐玄宗常与后妃、公主从大明宫经夹城至此游玩，盛况空前。接着描绘唐明皇与杨贵妃同乘一车的情景，引用《汉书·外戚传》中班婕妤拒绝与汉成帝同车的故事，暗示玄宗的昏庸无能。杨贵妃得意扬扬地享受与皇帝同辇的特殊宠爱，反映出统治者的奢靡生活。诗中描写宫廷女官"才人"身骑白马、披坚执锐，风光无限。但这些技艺并没有用在保家卫国上，而仅为博得杨贵妃一笑，正是这种沉醉于享乐的生活埋下了祸乱的种子。

"明眸皓齿今何在"至"去住彼此无消息"承接对杨贵妃的回忆，感叹她的人生悲剧。"明眸皓齿"呼应前文"一笑正坠双飞翼"的"笑"，她已不在人世的事实让诗人感慨万千。长安失陷，她的魂魄无处归依，注定了凄惨的结局。杨贵妃葬于渭水之滨，而唐玄宗则穿越剑阁逃至蜀地，生死永隔。"血污游魂"四字揭示出两人悲剧命运的因果关系，令人震惊不已。"人生有情泪沾臆"至"欲往城南望城北"总括全诗，抒发对世事无常的感慨。诗人感叹人有情，大自然却无情，花开花落，流水无情地流淌，反衬出人的情感之深。最后两句通过具体的行为描写出诗人的思绪混乱，"黄昏胡骑尘满城"使压抑的气氛达到顶点。诗人忧愤交加，竟迷失方向，象征着极度的悲伤。

整首诗以"哀"为核心，表达了杜甫对国破家亡的深切痛苦。诗的结构由现实转向回忆，再由回忆回到现实，通过今昔对比，使"乐"与"哀"之间的因果关系更加鲜明。在乐极生悲的对比中，揭示了诗人难以抑制的哀愁。杜甫以生动的笔触传达了他对国家命运的忧虑，整个诗篇在沉郁顿挫中展现了他出神入化的艺术境界。

集评

明·王嗣奭《杜臆》："一箭"，山谷定为"一笑"，甚妙。曰"中翼"，则箭不必言；而鸟下云中，凡同在者虽百千人，无不哑然发笑，此宴游乐事。

清·黄生《杜诗说》：诗意本哀贵妃，不敢斥言，故借江头行幸处，标为题目耳。此诗半露半含，若悲若讯。天宝之乱，实扬氏为祸阶，杜公身事明皇，既不可直陈，又不敢曲违，如此用笔，浅深极为合宜。善述事者，但举一事，时众端可以包括，使人自得于其言外。若纤悉备记，文愈繁而味愈短矣。《长恨歌》，今古脍炙，而《哀江头》无称焉。雅音之不谐俗耳如此。

述怀一首

去年潼关破，妻子隔绝久。

今夏草木长，脱身得西走。

麻鞋见天子，衣袖露两肘。

朝廷愍生还，亲故伤老丑。

涕泪受拾遗，流离主恩厚。

柴门虽得去，未忍即开口。

寄书问三川，不知家在否。

比闻同罹祸，杀戮到鸡狗。

山中漏茅屋，谁复依户牖。

摧颓苍松根，地冷骨未朽。

几人全性命，尽室岂相偶。

嶔岑猛虎场，郁结回我首。

自寄一封书，今已十月后。

反畏消息来，寸心亦何有。

汉运初中兴，生平老耽酒。

沉思欢会处，恐作穷独叟。

去年叛军攻破潼关，我和妻儿分开很久了。

今年夏天草木丛生，我才逃离敌巢向西奔走。

穿着麻鞋去拜见天子，破旧的衣袖露出了双肘。

朝廷可怜我的生还，亲友们也可怜我这丑老头。

我含着泪水拜授左拾遗，流离的人真心感谢皇上的厚恩。

虽然我可以回家，但却不好立即开口。

寄出书信到三川探问，不知道家里的人是否还在？

听说长安一带遭受了祸灾，那里杀的鸡犬都不留。

山中的茅屋早已破漏，如今有谁倚靠在门前和窗口。

苍松的树根毁断在地上，山地寒冷，尸骨还没有腐朽。

如今有多少人能保全性命？全家哪能团聚一起叙旧？

高山猛虎作恶出没，忧心集结，让我摇头叹气。

自从寄出一封书信后，至今已有十月之久。

现在反而害怕有消息传来，除了这事，我心里什么也没有！

大唐的国运开始中兴，老来比平时更爱喝酒。

想到日后欢会的时候，恐怕成为一个贫穷孤独的老叟。

鉴赏

　　杜甫的《述怀》创作于唐肃宗至德二载（757年），那是一个动荡不安的年代。安史之乱期间，长安被叛军攻陷，杜甫被困其中。直到得知肃宗已移驾凤翔，他才设法秘密出逃，避开叛军的耳目，投奔新的朝廷。经过艰辛跋涉，杜甫终于在五月抵达凤翔，获任左拾遗。然而，亲历国破家亡，使他心中充满了对家人的深切思念和对国家命运的忧虑，这些情感交织在一起，促使他写下了这首感人至深的《述怀》。

　　"去年潼关破，妻子隔绝久。"开篇两句即勾勒出战乱背景和与家人分离的痛苦现实。"潼关破"不仅指安史之乱中潼关的失守，也象征着整个国家的动荡局势，而"妻子隔绝久"则直接点出与家人久别重聚无望的无奈局面。

接下来的"脱身得西走，直为心伤手。"描绘了杜甫从长安城中冒险逃离，投奔凤翔唐肃宗的情景。尽管他与家人隔绝已久，但在国家危难时刻，他选择了先国后家的责任担当，展现了他的忠诚与无私。这种抉择虽无奈，却是他深思熟虑后的主动选择。

"麻鞋见天子，衣袖露两肘。"这两句细致入微地描绘了杜甫在凤翔见到肃宗时的狼狈形象。他穿着草鞋，衣衫褴褛，旅途的艰辛和见君之心的急切跃然纸上。这种不加修饰的描写，不仅真实再现了他当时的状态，也反映出他对君主的赤诚。

接着，杜甫描写了他在朝廷和亲友眼中的形象。虽然他的外表显得憔悴狼狈，但他赤城的心意让皇帝和朝臣感动，因此被授予拾遗之职。面对君主的厚恩，他心中感动不已，却因国家仍处于危难而不忍开口请假探亲。

"寄书问三川，不知家在否。"杜甫因职责无法亲至，只能寄信向三川一带打听家人情况。但在战火纷飞中，他对家人的安危无从知晓，心中焦虑难安。"比闻同罹祸，已近鸡犬无。"从传闻得知家乡惨遭屠戮，甚至鸡犬不留，这让他不禁忧心忡忡，想象着家人可能面临的劫难。

"山中漏茅屋，谁复依户牖。"他设想家中是否还有亲人在窗前望着他归来的方向。而"地冷骨未朽"则是对家人可能已遭遇不测的猜想，语言沉痛而直击人心。

尽管心中充满不安，面对这些不祥的传闻，杜甫仍怀抱一丝希望，希望家人中或许还有幸存者。但随着时间的推移和音讯的隔绝，他对家人安危的盼望逐渐变为不敢面对的恐惧——"反畏消息来"，怕收到的竟是家人罹难的噩耗。这种心理变化真实地反映出战乱对人的精神创伤。

"汉运初中兴""恐作穷独叟。"尽管国家似有复兴之兆，杜甫却预感自己可能孤独终老。国家的复兴与个人命运的对比，深刻地反映出他的孤寂与无奈。

《述怀》在细腻的心理描写中融入了深厚的家国情怀，真实地刻画了战乱时代的个人命运。杜甫通过生动的细节和情感的真挚表露，将复杂的时代背景和内心矛盾描绘得淋漓尽致，成为时代的悲剧和诗人内心深处的真实写照。

集评

清·仇兆鳌《杜诗详注》：此等诗，无一语空闲，只平平说去，有声有泪，真《三百篇》嫡派。人疑杜古铺叙太实，不知其淋漓慷慨耳。

清·黄生《杜工部诗说》：篇中写公义私情，无不曲尽。

明·王慎中《杜工部集五家评本》：首尾结构，毫发无遗憾。

彭衙行

忆昔避贼初，北走经险艰。

夜深彭衙道，月照白水山。

尽室久徒步，逢人多厚颜。

参差谷鸟鸣，不见游子还。

痴女饥咬我，啼畏虎狼闻。

怀中掩其口，反侧声愈嗔。

小儿强解事，故索苦李餐。

一旬半雷雨，泥泞相牵攀。

既无御雨备，径滑衣又寒。

有时经契阔，竟日数里间。

野果充糇粮，卑枝成屋椽。

早行石上水，暮宿天边烟。

少留同家洼，欲出芦子关。

故人有孙宰，高义薄曾云。

延客已曛黑，张灯启重门。

暖汤濯我足，翦纸招我魂。

从此出妻孥，相视涕阑干。

众雏烂熳睡，唤起沾盘飧。

誓将与夫子，永结为弟昆。

遂空所坐堂，安居奉我欢。

谁肯艰难际，豁达露心肝。

别来岁月周，胡羯仍构患。

何当有翅翎，飞去堕尔前。

译文

在初次逃避叛乱时，我们向北迁徙，历经无数艰难险阻。

深夜时分，我们在彭衙道上继续逃亡，月光洒在白水县的群山之上。

全家长途跋涉，狼狈不堪，不得不厚着脸皮向人乞讨，异常窘迫。

山谷中鸟鸣参差不齐，周围一片荒凉，不见有逃难者返乡的踪迹。

小女儿饥饿难耐，不停地咬我，担心她的哭声惊动虎狼。

我将她紧抱在怀，捂住她的嘴不让她出声，但她的哭声却愈加响亮。

小儿子故作懂事，硬说想吃酸涩的李子。

十天里有一半是雷雨天气，全家人在泥泞中互相搀扶着前行。

没有避雨的工具，道路湿滑，衣服被雨淋透，感到寒冷。

有时经过难走的地方，一整天下来也只能走几里路。

只得以野果果腹，以树下为栖身之所。

早晨在流水冲刷的石头上前行，夜晚露宿于山中雾气缭绕之地。

在同家洼短暂停留，计划穿过芦子关。

老朋友孙宰，真是情义深重。

在日落时邀请我们，点起灯火，打开层层门户。

烧热水为我洗脚，还剪纸为我们全家驱除惊慌。

然后又唤出他的妻儿，大家相视而泣。

孩子们疲惫地睡着了，又将他们叫醒吃饭。

他说一定要和我永结兄弟之情。

腾出房间，妥善把我们一家安顿下来。

谁能在如此艰难困苦之时，展现如此诚挚的情谊？

分别至今已经一年，叛军依然在肆虐。

如何才能生出双翅，飞去与你相聚？

鉴赏

杜甫的诗《彭衙行》创作于唐肃宗至德元载（756年），当时正值安史之乱。此诗主要回忆了杜甫携家避乱途中得到朋友孙宰热情款待的情景，并表达了他对朋友深厚情谊的感激之情。至德二载（757年），杜甫由凤翔返回鄜州省亲，途经彭衙时，因不便探访故友，于是作此诗以志感怀。

全诗以"忆昔"二字开篇，统领全篇，分为前后两个部分。前半部分描述了杜甫携家逃难时面临的艰难险阻。从开头到"暮宿天边烟"一段，描绘了他携家远行的险境：诗人不畏艰险，北上鄜州，是因潼关失守、白水告急，不得不避贼逃难。诗中"避贼"点明逃难原因，"北走"说明逃难方向，"艰险"则是对整个逃难过程的概括。夜深人静、月照深山之时，正是逃亡最佳时机。开篇四句简洁明了地交代了事件背景。

接下来的十行，着重描绘了全家人逃难途中忍受的艰辛。诗人拖儿带女，徒步跋涉，甚至不得不厚颜乞食，体现出他们的窘迫与无奈。诗中提到小女儿因饥饿咬父，父亲担心哭声惊动虎狼，赶忙将其紧抱怀中，但孩子不明父苦，反而哭得更厉害。这一细节生动刻画了父亲的无奈与对孩子的疼爱。儿子则天真地表示想吃苦涩的李子，表现出孩子的无知与天真。在这些细节中，诗人以"痴女""小儿"这些亲切的词语，传达了他对儿女的无限关爱。

诗中"一旬半雷雨"以下十句，描写了雨后行路的艰难。家人在泥泞中互相搀扶，既无御雨工具，衣湿路滑，行程艰难至极。通过"一旬""半"字的运用，诗人突出了旅途的漫长和天气的恶劣。这些描写将他一家困顿流离的景象生动地展现在读者面前。

诗的后一部分，从"少留同家洼"开始，描绘了朋友孙宰的热情款待。杜甫一家原计划短暂停留后继续北行，不料孙宰得知后，热情接待。孙宰在夜间点灯开门迎接，烧热水为杜甫洗脚，甚至用剪纸为他全家驱除惊慌，这一系列细节表现出孙宰的体贴与关怀。孙宰妻子见到杜甫一家，流下同情泪水，又在孩子们入睡后叫醒他们用餐，并表示愿与杜甫永结兄弟之情，安排他们居住。孙宰的真挚与诚恳，令人感动。

　　诗的最后六句，表达了杜甫对孙宰的深切怀念与感激之情。面对安史之乱尚未平息，杜甫希望能生出翅膀，飞去重聚故友。这种深情厚谊通过"何当生翅翎"这样生动的比喻表现得淋漓尽致。

　　整首诗通过生动的细节和细腻的心理刻画，真实地再现了战乱中的艰辛与友谊的温暖，读来令人动容。杜甫以其细腻的笔触，将逃难途中所经历的困苦和孙宰的高义描绘得栩栩如生，感人至深。

集评

　　明·黄周星《唐诗快》：可伤（"尽室"二句下）。未死何云招魂，此一语真可泣鬼（"剪纸"句下）。

　　清·张谦宜《𦈡斋诗谈》：写避难时光景真，落到感激孙公处，不烦言而意透，此争上截法，不知者只谓是叙事。

　　清·何焯《义门读书记》：名句。望见白水，以为晓光，几堕深渊；遥指晚烟，以为村落，仅宿空林。深山间道，奔窜之苦，尽此十字矣（"早行"二句下）。

羌村·其一

峥嵘赤云西，日脚下平地。

柴门鸟雀噪，归客千里至。

妻孥怪我在，惊定还拭泪。

世乱遭飘荡，生还偶然遂。

邻人满墙头，感叹亦歔欷。

夜阑更秉烛，相对如梦寐。

西边的天空布满了重峦叠嶂般的红云，阳光透过云层斜射在地面上。

柴门前，许多鸟雀正在聒噪，我这千里跋涉的人终于来到了家门口。

妻子和孩子们见到我，既惊讶又意外，他们没想到我还能活着回来，愣了一会儿，才喜极而泣。

在这兵荒马乱的时节，能够平安归来，实属不易。

邻居们闻讯赶来，围观的人在矮墙后挤得满满的，他们为我感慨叹息，也不禁抽泣起来。

夜已经很深了，我和家人相对而坐，仿佛置身梦中，不敢相信这一切是真的。

鉴赏

杜甫的《羌村·其一》创作于至德二载（757 年）闰八月。当时，杜甫因上书援救被罢相的房琯（guǎn），触怒了权贵，幸得宰相张镐（hào）斡旋才免于惩罚。此后，杜甫被遣返回鄜（táng）州羌村省亲。这首诗和《北征》都是这一时期的作品。

诗歌开篇从广阔的空间描绘傍晚的景象："西边的天空布满重峦叠嶂似的红云，阳光透过云脚斜射在地面上。"这里的"赤云"是指落日映红的云彩，也称作"火烧云"；"日脚"是指阳光穿过云隙射下来的光线。这一描写为整首诗奠定了宏大的背景。接下来，画面由远及近，由静转动："柴门前许多的鸟雀在聒噪着，千里跋涉的我终于到了家门口。"这里的"柴门"指用柴搭建的简陋木门，而"鸟雀噪"中的"雀"应为"鹊"，即喜鹊，鸣声嘈杂是因被人所惊。

随后，诗人描绘了家人的反应："妻子和孩子们看到我回来很是惊讶，没想到我还活着，愣了好一会儿才喜极而泣。"此处的"妻孥（nú）"虽然本意是指妻子和儿女，这里泛指妻子。面对丈夫的突然归来，她们先是惊讶，进而才意识到是喜讯，情感变化细腻真实。

杜甫借此感慨："在这兵荒马乱的时候，能够活着回来，确实有些不容易。"诗人在乱世中颠沛流离，险遭不测，而这次回家更是"生还偶然遂"，道出了他对动荡时局的无奈与珍惜。

接下来，描绘了邻居们的反应："邻居闻讯而来，围观的人在矮墙后挤得满满的，他们为我感慨叹息也不禁抽泣起来。"邻里因得知诗人归来而聚集于此，他们听完诗人讲述自己的经历后，不禁感慨万分，由"感叹"转为"歔欷（xūxī）"，即抽泣。

最后一段写道："夜很深了，我和家人相对而坐，仿佛在梦中，不敢相信这些是真的。"整首诗的高潮在此，杜甫与家人重聚，虽历经艰险但终于团圆，然而此刻依然感到恍若梦中，悲喜交集，难以置信。

整首诗从"日脚下平地"到"夜阑更秉烛"，描绘了诗人与家人、邻居相聚的场景，情感真挚动人。吴瞻泰曾评此诗："通首以'惊'字为线，始而鸟雀惊，继而邻人惊，最后并自己亦惊。"杜甫用细腻而不加雕琢的语言，将乱世中生还的情感表达得淋漓尽致，充满生活的本色与温厚的情感。

集评

宋·杨万里《诚斋诗话》：五言古诗，句雅淡而味深长者，陶渊明、柳子厚也。如少陵《羌村》、后山《送内》，皆是一唱三叹之声。

明·王慎中《杜工部集五家评本》：一字一句，镂出肺肠，人才莫知措手；而婉转周至，跃然目前，又若寻常人所欲道者。

清·王尧衢《古唐诗合解》：三首哀思苦语，凄恻动人。总之，身虽到家，而心实忧国也实境实情，一语足抵人数语。

新安吏

客行新安道，喧呼闻点兵。

借问新安吏，县小更无丁？

府帖昨夜下，次选中男行。

中男绝短小，何以守王城？

肥男有母送，瘦男独伶俜。

白水暮东流，青山犹哭声。

莫自使眼枯，收汝泪纵横。

眼枯即见骨，天地终无情。

我军取相州，日夕望其平。

岂意贼难料，归军星散营。

就粮近故垒，练卒依旧京。

掘壕不到水，牧马役亦轻。

况乃王师顺，抚养甚分明。

送行勿泣血，仆射如父兄。

在前往新安的路上，我听到一阵喧哗声，原来是官吏在村里点名征兵。

我便询问那些从新安来的官吏："难道新安县小到没有成年的壮丁了吗？"

官吏回答："昨夜兵府下达了文书，要求征召十八岁的年轻人入伍。"

我说："啊，这些人还是年轻的小伙子，怎么能让他们去守卫都城呢？"

那些体格健壮的青年由母亲送行，而瘦弱的青年则孤独一人，无人相陪。

时间到了黄昏，河水向东流去，青山下似乎仍然回荡着送行者的哭声。

收起你们纵横的泪水，不要哭伤了眼睛，平白地损害了身体。

即使哭得两眼枯竭露出骨头，天地终究是无情的呀！

官军进攻围困相州，原以为很快就能平定叛乱。

谁料想错估了形势，结果遭遇失败，士兵一营接一营地溃散了。

伙食就在旧营垒附近供应，训练也在东都近郊进行。

挖掘壕沟不会深到见水，放牧军马的劳役也比较轻。

更何况参加的是名正言顺讨伐叛军的王师，主将对士卒关怀备至。

所以，你们这些送行的家属不要太过悲伤，仆射对士兵就像父兄一样仁爱。

鉴赏

唐肃宗乾元元年（758 年）冬，郭子仪等大将收复长安和洛阳，形势一度大好。然而，由于唐肃宗对将领缺乏信任，导致军中未设统帅，粮草不足，士气低落，最终在邺城大败。郭子仪退至洛阳，其余各节度使各自逃归驻地。为补充兵员，朝廷开始大规模征兵。杜甫途经新安，目睹征兵情景，写下了《新安吏》。

诗的开篇"客行新安道，喧呼闻点兵"描绘了杜甫在新安路上听到的征兵喧闹声。这一情景引出了全诗的叙述和情感。紧接着，杜甫质问地方官吏："县小更无丁？"他质疑为何征召未成年的中男入伍，这些本不该服役的年轻人被迫入伍，反映了征兵政策的严酷。

官吏以"府帖昨夜下，次选中男行"回应，表明了征兵命令的严苛和无奈。杜甫质问："中男又矮又小，怎么能守卫东都洛阳呢？"官吏无言以对，表现出对杜甫质问的无奈和厌烦，而杜甫则通过这些对话表达了对人民的同情和对苛政的不满。

接下来，诗人将目光转向那些被征召的中男，写道："肥男有母送，瘦男独伶俜。"有母亲送行的肥男与孤独无依的瘦男形成鲜明对比，展现出征兵现场的悲凉。杜甫通过"白水暮东流，青山犹哭声"这样的描写，表达了对这些年轻人的深切同情，那种天地无情的悲怆让人动容。

"莫自使眼枯，收汝泪纵横。眼枯即见骨，天地终无情。"杜甫劝慰被征之人不要过度悲伤，即便哭得眼枯，也无法改变天地的无情。这种劝慰中充满了对现实的无奈与控诉。

然而，杜甫在揭露不公的同时，也试图缓和这种悲剧的冲击："况乃王师顺，抚养甚分明。"他试图从维护国家统一的角度，为唐军的正义性辩护，虽然这仅仅是对现实的无奈妥协。

杜甫在诗中表现了复杂的情感：他同情人民的痛苦，也理解平叛的重要性。安史之乱带来的浩劫和唐统治者的无能形成鲜明对比。虽然人民对唐朝心存怨恨，但他们仍支撑着平叛战争。杜甫通过"白水暮东流，青山犹哭声"这样的诗句，深刻表达了对征夫及其家属的无尽同情。

集评

明·张綖：凡公此等诗，不专是刺。盖兵者凶器，圣人不得已而用之。故可已而不已者，则刺之。不得已而用者，则慰之哀之。若《兵车行》、前后《出塞》之类，皆刺也，此可已而不已者也。若夫《新安吏》之类，则慰也。《石壕吏》之类，则哀也。此不得已而用之者也。然天子有道，守在四夷，则所以慰哀之者，是亦刺也。

明·陆时雍：少陵五古，材力作用，本之汉魏居多。第出手稍钝，苦雕细琢，降为唐音。夫一往而至者，情也。必然必不然者，意也。意死而情活，意迹而情神，意近而情远，意伪而情真，情意之分，古今所由判矣。少陵精矣、刻矣、高矣、卓矣，然而未齐于古人者，以意胜也。假令以《古诗十九首》与少陵作，便是首首皆意。假令以《新安》《石壕》诸什与古人作，便首首皆有神往神来，不知而自至之妙。

潼关吏

士卒何草草，筑城潼关道。

大城铁不如，小城万丈馀。

借问潼关吏，修关还备胡？

要我下马行，为我指山隅。

连云列战格，飞鸟不能逾。

胡来但自守，岂复忧西都。

丈人视要处，窄狭容单车。

艰难奋长戟，万古用一夫。

哀哉桃林战，百万化为鱼。

请嘱防关将，慎勿学哥舒。

译文

士兵们是多么辛苦，正在潼关的要道加固防御。

坚固的大城像铁壁铜墙，小城墙也高达万丈。

我问潼关的官吏："修建关城还是为了抵御胡人吗？"

官吏邀我下马，指着关山的角落说：

"这里战栅连绵如云，连飞鸟也无法飞越。

胡人来犯时，只需坚守此地，就不必担心长安的安危！

您看这险要之地，狭窄得只能容一辆车通过。

在危急时刻，只需一人手持长戟，便能万古守护此关。"

想起那次桃林塞的战役，百万战士却成了鱼肉！

请告诫守关的将领，千万不要重蹈哥舒翰的覆辙！

鉴赏

唐肃宗乾元二年（759 年），杜甫在潼关创作了《潼关吏》，这首诗反映了他对国家安全的深切关注。当时，安史之乱的叛军逼近洛阳，潼关作为长安的屏障，必将成为关键战场。杜甫此时正从洛阳返回华州，目睹了当地紧张的备战气氛，以及战乱给百姓带来的无尽苦难，心中感慨万千，于是创作了"三吏"之一的这首诗。

诗作开篇描述士兵们辛勤修筑潼关防线，用语简练却展现了工事的坚固和士兵的劳苦。"草草"，形容士兵们艰辛劳作的样子。杜甫以"何"字开头，表达了对士兵们辛劳的赞叹和感慨。

接着他询问潼关的官吏："修关还备胡？"这一发问暗示了对潼关防御效能的关注，也让人不禁联想到三年前潼关的失守，为下文埋下伏笔。

潼关吏并不急于回答，而是邀请杜甫下马，亲自指点关隘要地。这种安排不仅丰富了诗的结构，还展示了关吏的信心。他以潼关的险要地形为依据，指着高耸的山峦说："瞧，那层层战栅，高接云天，连鸟也难以飞越。敌军来犯时，只需坚决自守，何须再担心长安的安危呢！"关吏自豪地展示了潼关的天然优势，语气坚定而自信。

八句对话中，关吏进一步解释潼关的险要："老丈，您看那山口要冲，狭窄得只能容单车通过。真是一夫当关，万夫莫开。"这不仅是简单的地形描述，更体现了守军的决心和气概。守关将士表现出的坚韧不拔的斗志，通过关吏的话淋漓尽致地展现出来。

然而，杜甫心中并非全然安慰，他想到三年前哥舒翰因受杨国忠所逼，出兵迎战安禄山，最终全军覆没。他由此发出深刻的警示："请嘱防关将，慎勿学哥舒。"这里的"慎"字意味深长，不仅指向哥舒翰个人的过失，更提醒统治者和将领们要从历史中吸取教训，避免重蹈覆辙。这一层次的深思熟虑，使诗作更加感人至深。

《潼关吏》通过对话形式，巧妙地展现了人物的心理状态和情感波动。杜甫的问话显示出他的忧虑，而关吏的从容自信则传达出士兵的无畏与坚定。其中"艰难奋长戟，万古用一夫"两句尤为突出，塑造出如同战神般的英雄形象，具有激励人心的力量。这首诗不仅表达了对守关士兵的赞美，也发出对国家命运的深切关怀，提醒后人汲取历史教训，是一篇充满历史厚重感的作品。

明·王嗣奭《杜臆》：潼关之败，由杨国忠促战所致，罪不在哥舒，当时只少一死耳。公特借翰以戒后人，非专归狱于哥舒也。

清·卢元昌：禄山初反，哥舒翰守潼关，相持半载馀，贼兵冲突襄邓间，卒不敢窥关，则守之明效也。时李郭亦力持此议，禄山苦之，谓严庄曰："今守潼关，兵不能进。"是守关而贼可坐困。向使国忠之奏不行，中使之命不促，坚壁固守，长安可保无恙。此诗眼目，在"胡来但自守"一句，其云"修关还备胡"，是叹焦头烂额后，为曲突徙薪计也。

石壕吏

暮投石壕村，有吏夜捉人。
老翁逾墙走，老妇出门看。
吏呼一何怒！妇啼一何苦。
听妇前致词，三男邺城戍。
一男附书至，二男新战死。
存者且偷生，死者长已矣。
室中更无人，惟有乳下孙。
有孙母未去，出入无完裙。
老妪力虽衰，请从吏夜归。
急应河阳役，犹得备晨炊。
夜久语声绝，如闻泣幽咽。
天明登前途，独与老翁别。

傍晚时，我在石壕村投宿，夜里有差役前来强行征兵。

老翁翻墙逃走，老妇人出门应对。

差役的喊声十分凶狠，老妇人的哭声极其悲切。

我听见老妇人上前说道："我的三个儿子都参加了邺城之战。

其中一个儿子寄回信，说另外两个儿子刚刚阵亡。

活着的人暂且度日，死去的人再也不会复生。

我家中再没有其他人，只有个正在吃奶的小孙子。

因为有小孙子，他的母亲一直未曾离去，但她出入门户都没有一件完整的衣裳。

我虽然年老体弱，但请让我跟你们连夜赶回营地。

赶快到河阳去应征，还可以为部队准备早餐。"

夜深了，谈话声渐渐消失，隐约听见断断续续的哭声。

天亮后我继续赶路，只能与回家的老翁道别。

　　唐肃宗乾元元年（758年），为平息安史之乱，唐军围攻安庆绪占领的邺郡（今河南安阳），眼看胜利在望。但由于次年春天史思明的援军到来，加之唐军内部矛盾，形势逆转，唐军全线崩溃。郭子仪等退守河阳（今河南孟州），四处招募兵员。此时，杜甫被贬为华州司功参军，从洛阳经新安、石壕、潼关，赶往华州任职。他沿途目睹民生凋敝，哀鸿遍野，经历了深刻的情感冲击。在石壕村投宿时，杜甫碰上吏卒夜间抓丁的情景，因此写下了《石壕吏》这首诗。

　　这是一首现实主义的叙事诗，描绘了差吏在夜间到石壕村抓人征兵，以致连老妇也不能幸免的故事，揭露了官吏的残暴无情和兵役制度的黑暗，表达了对人民苦难的深切同情。

诗的开头四句，直接切入正题："暮投石壕村，有吏夜捉人。"杜甫暮色中急忙投宿于石壕村，这一细节暗示了当时兵荒马乱的社会环境，连夜投宿的小村庄也被卷入战乱。这里的"捉人"一词，生动地揭示了官府征兵的残酷无情，而一个"夜"字，更暗示了这是一种卑劣而又常态化的行径，白天人民逃避，唯有夜间突袭。

接下来诗人写道："老翁逾墙走，老妇出门看。"这一细节展示了百姓对抓丁的恐惧和无奈，以及对官吏行为的极度警觉。老翁迅速逃走，老妇人则被迫出面应对。接下来的"吏呼一何怒，妇啼一何苦"两句，通过对比手法，生动地描绘了官吏的凶狠和老妇的悲切。"呼"和"啼"，"怒"和"苦"，形成了鲜明的对照，渲染出紧张的气氛。

从"听妇前致词"到"犹得备晨炊"，是老妇与差吏的对话。老妇人诉说家中三个儿子都已参军，一个传回消息说另外两个已经战死。面对无情的差吏，她尽力诉苦，试图博得同情："存者且偷生，死者长已矣！"然而县吏不为所动，继续逼问家中是否还有其他人，老妇只得无奈地告知，家中除了小孙子和他的母亲，再无他人。为了保护儿媳，老妇自愿替儿媳随吏卒赴河阳服役。

诗的结尾四句，描绘了夜深人静后的凄凉："夜久语声绝，如闻泣幽咽。"老妇被带走后，夜色中传来隐约的哭声，令人心碎。天亮时，杜甫继续赶路，只能与逃归的老翁告别。老翁的无奈与悲痛，以及诗人的感慨，都留给读者无尽的想象空间。

杜甫通过《石壕吏》，生动地揭示了当时社会的黑暗与百姓的苦难。他用简洁生动的笔触，真实再现了兵役制度对人民的压迫，传达出对底层百姓的深切同情和对社会现实的批判。这种揭露现实、关怀民生的态度，使得《石壕吏》成为一首具有深刻社会意义的诗作。

集评

明·陆时雍：其事何长，其言何简。吏呼二语，便当数十言。文章家所云要会，以去形而得情，去情而得神故也。

明·王嗣奭：夜促夜去，何其急也。此妇仓卒之际，既脱其夫，仍免其身，具此智谋胆略，真可谓女中丈夫。而公诗详述之，已洞知其意中曲折矣。又云：前后六诗，一韵到底，俱用沈韵。惟此章换韵，且用古韵。

新婚别

兔丝附蓬麻，引蔓故不长。

嫁女与征夫，不如弃路旁。

结发为妻子，席不暖君床。

暮婚晨告别，无乃太匆忙。

君行虽不远，守边赴河阳。

妾身未分明，何以拜姑嫜。

父母养我时，日夜令我藏。

生女有所归，鸡狗亦得将。

君今往死地，沉痛迫中肠。

誓欲随君去，形势反苍黄。

勿为新婚念，努力事戎行。

妇人在军中，兵气恐不扬。

自嗟贫家女，久致罗襦裳。

罗襦不复施，对君洗红妆。

仰视百鸟飞，大小必双翔。

人事多错迕，与君永相望。

译文

菟丝子紧缠低矮蓬与麻，其藤蔓延伸之路何其狭隘！

将女儿许配予即将远征的儿郎，怎及得早早将她置于安全之旁？

你我结发为夫妻，却未曾共守床笫温暖之夜。

昨夜仓促成婚，今朝即匆匆分离，这缘分仿佛昙花一现，太过短暂！

你赴河阳前线，虽近家乡却已属边疆。

未及行祭祖大礼，教我如何心安拜见翁姑双亲？

身为女子，昔日家中日夜深藏，免受外界纷扰。

今既嫁入你家门，唯愿夫君平安归，此心不渝。

你即将踏上战场，我唯有深藏哀伤。

虽愿同行，但战况紧迫，恐添累赘。

勿为新婚之别过分哀愁，当以国事为重，英勇奋战。

我非不愿随，妇人之行恐扰军心，大局为重。

唉！我本是贫寒之女，这嫁衣筹备不易，丝绸珍贵。

然今日起，我愿褪此华裳，洗净铅华，静待君归。

仰望天际，飞鸟自由翱翔，成双成对，无拘无束。

人间世事多磨难，但愿你我两地心连，永结同心，不负韶华。

鉴赏

唐肃宗乾元二年（759年），在安史之乱的战火中，杜甫创作了"三吏三别"系列，其中《新婚别》尤为感人。这首诗背景设定在唐军与叛军激战的动荡时期，杜甫用细腻的笔触刻画了一名新婚女子在战争阴影下的情感波澜，揭示了战争给普通家庭带来的巨大创伤。

安史之乱自天宝十四载（755）爆发以来，战火迅速蔓延，民生凋敝。乾元二年（759），唐军在相州惨败，百姓流离失所，杜甫目睹了这一切，内心既痛苦又无奈。他将这种复杂的情感融入《新婚别》中，通过一位新婚女子的独白，展现了战争带来的离别之苦和爱情的坚贞。

诗歌一开始，新娘用"兔丝附蓬麻"这样生动的比喻，表达了自己对婚姻未来的不确定与忧虑。作为"菟丝子"，她必须依附"蓬麻"而生，然而丈夫却是个即将奔赴沙场的征夫，这种命运的无常让她感到无奈。"嫁女与征夫，不如弃路旁"的夸张表达，揭示了深深的绝望，也反映了战争对家庭的摧残。

随着诗情深入，新娘倾诉了对丈夫的深情与不舍。她忆及父母的呵护与疼爱，如今却面临着与丈夫的生离别。"君今往死地，沉痛迫中肠"，一句直抒胸臆，表达了内心的痛苦与担忧。然而，在国家与个人的不幸之间，她展现出了惊人的坚韧与理智。虽然心中有千千结，她最终选择鼓励丈夫为国效力，而非沉溺于个人的哀伤中。

"勿为新婚念，努力事戎行。"新娘的呐喊振聋发聩，既是对丈夫的深情鼓励，也是对战争的无声控诉。她用洗去脂粉、不再梳妆的实际行动，坚定表达了对丈夫的忠贞不渝，即便生死未卜，亦要"与君永相望"。这超越生死的爱情让人动容，也让人对战争的残酷有更深的认识。

《新婚别》艺术上达到了高度的思想性与艺术性的统一。诗人通过大胆的虚构，以新娘子的口吻进行叙述，充满生活气息和真实感。诗中运用丰富的比喻、夸张等修辞手法，增强了表现力。新娘的语言个性化十足，既符合其身份特征，又透露出她内心的复杂情感。诗歌结构层层递进，情感逐步升华，最终达到高潮，让人深受感染。

这首诗在押韵上独具匠心，尽管一韵到底，但并未显得单调，反而因韵脚的和谐统一，使得诗歌更加流畅自然，便于情感抒发与读者倾听。

集评

明·王嗣奭：此代为妇人语，而揣摩以发其隐情，暮婚晨告别，是诗柄。篇中有极细心语，如"妾身未分明"二句，"妇人在军中"二句，是也。有极大纲常语，如"勿为新婚念"二句，"罗襦不复施"二句，是也。真《三百篇》嫡裔。

明·罗大经：《国风》"岂无膏沐，谁适为容"，盖古之妇人，夫不在家，则不为容饰，此远嫌防微之意也。杜诗"罗襦不复施，对君洗红妆"，尤可悲矣。《国风》之后，唯杜陵不可及者，此类是也。

清·黄生：《新安吏》以下述当时征戍之苦，其源出于变风、变雅，而植体于苏、李、曹、刘之间。

垂老别

四郊未宁静，垂老不得安。

子孙阵亡尽，焉用身独完。

投杖出门去，同行为辛酸。

幸有牙齿存，所悲骨髓干。

男儿既介胄，长揖别上官。

老妻卧路啼，岁暮衣裳单。

孰知是死别，且复伤其寒。

此去必不归，还闻劝加餐。

土门壁甚坚，杏园度亦难。

势异邺城下，纵死时犹宽。

人生有离合，岂择衰老端？

忆昔少壮日，迟回竟长叹。

万国尽征戍，烽火被冈峦。

积尸草木腥，流血川原丹。

何乡为乐土，安敢尚盘桓？

弃绝蓬室居，塌然摧肺肝。

译文

四野的战争还没平息，我将近老年却得不到安宁。

子孙们在战场上已经殉难，兵荒马乱又何须苟全性命！

扔掉拐杖出门去拼搏一番，同行的人也为我辛酸流泪。

庆幸牙齿还好胃口还不减，悲伤的是身骨瘦如柴枯槁不堪。

男儿既然披戴盔甲从戎征战，也只好拱手辞别长官。

老妻听说我要出征哭倒在路上，严冬腊月仍然是裤薄衣单。

明知道这是生死离别，怎么能不担心她饥寒。

今朝离去永不能回返家园，犹听她再三劝我努力加餐。

土门关深沟高垒、防守坚严，杏园镇天险足恃亦难以攻下。

如今的形势变化和当年邺城之战不同，纵然是死也还多一些时间宽限。

人生在世总会有离合悲欢，哪管你饥寒交迫、衰老病残！

想当年风华正茂华国泰民安，忍不住徘徊踟蹰长吁短叹。

普天下到处都在征兵，战争的烽火已弥漫了山岗峰峦。

尸骸堆积如山，草木也变腥膻，血流遍地，河流平原都被染红了。

战火遍地哪里还有人间乐园呢？保家卫国，又岂敢犹豫彷徨？

毅然抛弃茅舍奔赴前线，只是悲痛真叫人肝肠寸断。

鉴赏

此诗作于唐肃宗乾元二年（759年）三月，是杜甫著名的组诗"三吏"和"三别"六首中的一首五言古诗。它的写作背景和过程是一样的。当时唐军在邺城大败，为了扭转危局，急需补充兵力，于是官府在洛阳以西、潼关以东一带强行抓丁，连老翁、老妇也不能幸免。诗人根据自己的所见所闻所感写下此诗。

诗歌开篇四句，杜甫交代了老翁从军的原因，以简练的笔触描绘出社会的动荡不安。老翁虽年事已高，却无法享有安宁的晚年，因为子孙皆已战死沙场，自己也不愿意苟活于世。这样的背景为下文老翁毅然投身战场埋下了伏笔，老人的悲伤与无奈跃然纸上。

接下来的"投杖出门去"六句，诗人笔锋一转，老翁的哀叹化作了豪情。虽已垂暮之年，但他义无反顾地接受征召，从容不迫地准备赴战。诗人通过对话描绘出一个即使身体衰弱却依然充满爱国热情的老人形象。老人的自述中，有对自己身体状况的清醒认识，但更有一种不顾个人安危、保家卫国的坚定信念。

随后，"老妻卧路啼"六句刻画了老妻送别的场景。此时的老两口面对生死离别，情感复杂而深沉。老妻的泪水、叮咛和忧虑被细致描绘，表现出对丈夫的关切与不舍。这样的场景让人感受到战争对普通家庭的无情摧残，也让人对这对夫妻的深情厚谊动容不已。

"土门壁甚坚"八句中，老翁宽慰老妻，安抚她关于战场险恶的恐惧。他试图用"边防壁垒严整，易守难攻"这样的言辞来减轻老妻的担忧。然而，随着"忆昔"一词的出现，老翁的思绪回到了年轻时的平安快乐，瞬间的停顿中流露出对往昔美好时光的无限怀念。

最后，从"万国尽征戍"到结尾，杜甫将视角扩展到整个国家，揭示了战争的惨烈和无奈。人间已无乐土，尸横遍野，鲜血染红山川，战争带来的苦难无以复加。在这样的背景下，老人的呐喊带着无奈与悲壮：即使参军意味着牺牲，也不能犹豫。诗人在此不仅塑造了一位爱国敬业的老人形象，更是通过他的经历表达了对战争的深刻思考。

整首诗通过细腻的心理刻画，将老翁的形象表现得淋漓尽致，诗人的语言悲壮而富有感染力，令人心生敬佩与感慨。杜甫以其深厚的同情心，通过老翁的视角，反映了战争对个人与国家的双重影响，使整首诗在艺术表现和思想深度上都达到了极高的水准。

集评

清·卢元昌：《周礼》，乡大夫之职，辨其所任者，其老者皆舍。勾践伐吴，有父母耆老无昆弟者，皆遣归。魏公子无忌救赵，亦令独子无兄弟者，皆归养。子孙亡尽，老者从戎，如《垂老别》者，亦可伤矣。

清·胡夏客：《新安》《石壕》《新婚》《垂老》诸诗，述军兴之调发，写民情之怨哀，详矣，然作者之意，又不止此。国家不幸多事，犹幸有缮兵中兴之主，上能用其民，下能应其命，至杀身弃家不顾，以成一时恢复之功，故娓娓言之。义合风雅，不为诽谤耳。若势极危亡，一人束手，四海离心，则不可道已。

无家别

寂寞天宝后，园庐但蒿藜。

我里百馀家，世乱各东西。

存者无消息，死者为尘泥。

贱子因阵败，归来寻旧蹊。

久行见空巷，日瘦气惨凄。

但对狐与狸，竖毛怒我啼。

四邻何所有？一二老寡妻。

宿鸟恋本枝，安辞且穷栖。

方春独荷锄，日暮还灌畦。

县吏知我至，召令习鼓鞞。

虽从本州役，内顾无所携。

近行止一身，远去终转迷。

家乡既荡尽，远近理亦齐。

永痛长病母，五年委沟溪。

生我不得力，终身两酸嘶。

人生无家别，何以为烝黎？

译文

天宝之后，乡村变得冷清荒凉，家园里只剩下野草和荆棘。
我的家乡原有百余户人家，因为社会动荡纷纷各自逃离。
活着的人没有音讯，去世的人已化为尘土。
由于邺城的战败，我回到了家乡寻找旧时的道路。
在村里走了很久，只见空荡的街巷，阳光黯淡，一派萧条凄凉的景象。

只能面对着一只只竖毛冲我怒吼的野鼠和狐狸。

四周还剩下什么人呢？只有一两个年迈的寡妇。

鸟儿总是眷恋自己的枝头，我也同样思恋故土，怎能舍弃家乡，只好在此留宿。

正值春天，我扛起锄头下地，直到天黑仍忙于灌溉田地。

县里的官员知道我回来了，又征召我去练习军队的骑鼓。

虽然在家乡服役，家里也没什么可带。

近处去，我只有孤身一人，远处去终究也会迷失方向。

家乡既已空无一人，远近对我而言都是一样。

我始终为长年患病的母亲感到悲痛，她去世五年也没有好好安葬。

她生下我，却未能得到我的照顾，母子二人一生忍受辛酸。

人活在世上却无家可归，这老百姓该如何生活？

鉴赏

《无家别》是杜甫创作于唐肃宗乾元二年（759 年）春的一首叙事诗。此时正值安史之乱后期，唐军在邺城战败，局势日益危急。为了补充兵力，朝廷采取了野蛮的征兵政策。杜甫目睹这种混乱和痛苦，写下了"三吏三别"六首诗，其中《无家别》是"三别"的第三篇。

诗中主人公是一个再次被召去从军的孤身汉。他回到故乡，却发现曾经繁华的家园满目荒凉，只剩下杂草丛生，乡亲们要么失去音讯，要么已化作尘土。诗开头用"寂寞天宝后，园庐但蒿藜（lí）"的描述，突显出战乱后的凄凉景象。通过"蒿藜"，即蒿草与荆棘，象征了村庄的荒废，反衬出昔日繁荣。

随着诗人的叙述，读者仿佛看到主人公在荒芜的村巷中徘徊，耳边只有狐狸的怒号。诗中用"竖毛怒我啼"形象地描绘了狐狸对人类世界的入侵，反客为主的情景，进一步烘托出村庄的萧条。邻里仅剩"一二老寡妻"，这些年迈的寡妇无力逃离，只能在破败中苟活。

"宿鸟恋本枝，安辞且穷栖"两句以鸟喻人，抒发了主人公难舍故土的情感。即使乡村已不堪居住，主人公依然选择留下，扛起锄头开始春耕，试图在贫瘠中求得生存。诗句"日暮还灌畦"描绘了他日出而作、日落而息的艰辛生活。

然而，安定的日子终究难以维持。"县吏知我至，召令习鼓**鞞**（pí）"，县吏的征召令打破了短暂的平静。虽然这次服役地点较近，但主人公内心依然充满无奈。面对"近行止一身，远去终转迷"的前景，他意识到距离已不再重要，家乡已变得空荡无比。

诗的最后几句，主人公表达了对母亲的永恒悲痛。母亲因久病去世，死后也未能安葬，这成为他终生的遗憾。杜甫通过"生我不得力，终身两酸嘶"表达了深切的哀痛：母亲生下我，却得不到我的照顾，我们母子一生都承受着辛酸。

整首诗以第一人称叙述，生动地刻画了主人公的内心世界。杜甫通过细致的环境描写和情感表达，展现了战乱带给百姓的深重苦难，揭示了统治者政策的无情和冷酷。诗歌语言简练，却富有感染力，让人感受到乱世中小人物的辛酸与无奈。

集评

明·高棅《唐诗品汇》：刘云：经历多矣，无如此语之在目前者（"久行"二句下）。刘云：写至此，亦无复馀恨，此其所以泣鬼神者（"家乡"二句下）。

明·陆时雍《唐诗镜》："日瘦气惨凄"一语备景略尽。故言不必多，惟其至者。"家乡既荡尽，远近理亦齐"，老杜诗必穷工极苦，使无馀境乃止。李青莲只指点大意。

清·浦起龙《读杜心解》："何以为烝黎？"可作六篇（指《三吏》《三别》）总结。反其言以相质，直可云："何以为民上？"

佳人

绝代有佳人，幽居在空谷。
自云良家子，零落依草木。
关中昔丧败，兄弟遭杀戮。
官高何足论，不得收骨肉。
世情恶衰歇，万事随转烛。
夫婿轻薄儿，新人已如玉。
合昏尚知时，鸳鸯不独宿。
但见新人笑，那闻旧人哭。
在山泉水清，出山泉水浊。
侍婢卖珠回，牵萝补茅屋。
摘花不插发，采柏动盈掬。
天寒翠袖薄，日暮倚修竹。

译文

一位美丽无双的女子，独自居住在幽深的山谷中。

她自称出身名门，是位清白的女子，如今流落在荒山野岭。

当年关中一带战火纷飞，连她的兄弟也惨遭杀戮。

即便曾经官高禄厚，又能如何？连尸骨都未能入土为安。

世事险恶多变，如同摇曳的烛光般无常。

薄情的丈夫抛弃了她，另娶了一位年轻貌美的新妇。

就连夜合花也知道在百合盛开时开放，鸳鸯也总是成双成对，岂能独自栖息。

丈夫眼中只有新妇的笑颜，听不见她的悲伤哭泣。

大山中的泉水清澈透明，一旦流出山谷便变得污浊。

她等待侍女去变卖珍珠回来，以修补那破旧不堪的茅草屋。

她不去采摘鲜花装饰发髻，却钟爱翠柏的坚贞，尽情采摘。

寒风吹拂着她单薄的衣裳，黄昏时她依靠着青竹，任凭思绪飘荡。

鉴赏

《佳人》是杜甫于唐肃宗乾元二年（759年）秋创作的一首五言古诗。这时正值安史之乱后的第五年，杜甫因政治上的失意和对国家命运的忧虑，不得已辞去官职，携家眷迁居秦州，在偏僻之地以自给自足的方式生活。这首诗通过对佳人命运的描绘，表达了他内心深处的感慨和对时局的深沉忧虑。

开篇"绝代有佳人，幽居在空谷"一句，既点明了佳人的美丽非凡，也通过"幽居"二字展现出她的孤寂处境。接着，佳人自述出身名门，却因战乱流落山野，这种对比不仅表现了她的悲惨境遇，也映射出杜甫对自身遭遇的感伤。他利用佳人的口吻，详细叙述了战乱对家庭的毁灭性打击，表达出一种"同是天涯沦落人"的深切共鸣。

"关中昔丧败，兄弟遭杀戮"揭示了战乱带来的惨痛回忆，佳人丧失了亲人，家破人亡。此时，"官高何足论，不得收骨肉"两句更是道出一份对官职无用的讽刺意味，传达出即使身居高位也无法保护家人的无奈。这种无奈正是杜甫在仕途失意后的真实写照，寄托了他对国家的深沉忧虑和对人生无常的慨叹。

诗的中段通过描写佳人的家庭变故，丈夫的薄情寡义，新欢的如花似玉，形成鲜明对比，反映出人情冷漠、世态炎凉。在"合昏尚知时，鸳鸯不独宿"中，杜甫借用自然界的意象，进一步加深了佳人的悲凉与孤独，情感浓烈而深刻，令人动容。

在"在山泉水清，出山泉水浊"这一句中，杜甫通过清泉的比喻，展现佳人在逆境中依然保持清白与高洁的品格，暗示她宁愿清贫自守，也不随波逐流。随着"摘花不插发，采柏动盈掬"的描写，佳人的高雅和节操跃然纸上，她不以鲜花装饰自己，却钟爱坚贞的翠柏，这不仅是一种生活态度，也是对人格高尚的坚守。

结尾"天寒翠袖薄，日暮倚修竹"，杜甫以孤独却坚韧的形象结束全诗，通过景物描绘，将佳人那种不胜清寒、孤寂无依的感受展现得淋漓尽致。这幅凄美的画面不仅刻画了佳人的坚韧品质，也映射出杜甫内心的孤寂与不屈。

《佳人》不仅是对一位乱世女子不幸命运的描绘，更是杜甫对自我境遇的反思以及对国家和民族命运的忧虑。诗中通过细腻的情感刻画和深邃的意境表达，激起读者强烈的共鸣，成为杜甫诗歌中的经典之作。

集评

宋·黄鹤《黄氏补千家集注杜工部诗史》：甫自谓也。亦以伤关中乱后老臣凋零也。

清·黄生《杜诗说》：偶有此人，有此事，适切放臣之感，故作是诗。全是托事起兴，故题但云"佳人"而已。

清·沈德潜《唐诗别裁》：结处只用写景，不更着议论，而清洁贞正意，自隐然言外，诗格最超。

梦李白二首

其一

死别已吞声，生别常恻恻。

江南瘴疠地，逐客无消息。

故人入我梦，明我长相忆。

恐非平生魂，路远不可测。

魂来枫叶青，魂返关塞黑。

君今在罗网，何以有羽翼。

落月满屋梁，犹疑照颜色。

水深波浪阔，无使蛟龙得。

天宝十五载，白卧庐山，永王璘迫致之。璘军败，白坐系寻阳狱，得释。乾元元年，终以污璘事，长流夜郎。遂泛洞庭，上峡江，至巫山，以赦得释，憩岳阳、江夏。

其二

浮云终日行，游子久不至。

三夜频梦君，情亲见君意。

告归常局促，苦道来不易。

江湖多风波，舟楫恐失坠。

出门搔白首，若负平生志。

冠盖满京华，斯人独憔悴。

孰云网恢恢，将老身反累。

千秋万岁名，寂寞身后事。

译文

其一

为死别常常让人泣不成声，而生离总是让人悲痛欲绝。

江南是瘴气弥漫的地方，被流放的人为什么一直没有音讯？

老朋友你突然出现在我的梦中，因为你知道我常常想念你。

梦中的你恐怕不是你的灵魂吧？生与死之间的距离难以把握。

你的灵魂或许从西南的青枫林飘来，又从关塞的黑暗中返回。

你如今陷入困境，身不由己，怎么可能飞到这北方来见我？

清冷的月光洒满屋梁，我在梦中看到你的面容憔悴不堪。

水深浪急，旅途危险重重，请多加小心，不要落入蛟龙之口。

天宝十五载，李白在庐山隐居，被永王李璘强行征召。后来，永王李璘的军队失败，李白因此被拘禁在浔阳监狱，不久获释。乾元元年（758 年），李白因为牵涉到永王李璘的事件，被流放到夜郎。他一路漂泊至洞庭湖，顺流而上经过峡江，到达巫山后才获得赦免被释放，随后在岳阳、江夏停留休息。

其二

天上的浮云整天飘来飘去，远方的游子为何迟迟不归？

连续三晚我都梦见你，情深意切，可见你对我情深谊厚。

每次告别时你总是显得不安，诉说着路途的艰险与不易。

你担心江湖险恶，风浪汹涌，害怕船只会失事沉没。

临别时你搔首感叹，满是白发，仿佛未能实现平生的志愿。

京城中车水马龙，权贵云集，而你却独自憔悴不堪。

谁说法网恢恢，疏而不漏，为何你到老却反而被牵连受罚？

你的名声将流传千古，但生前却是如此孤独寂寞。

　　乾元元年（758年），李白被流放到夜郎（治所在今贵州正安西北），次年春天行至巫山时遇到特赦，返回江陵（今湖北荆州市）。然而，远在北方的杜甫只知道李白被流放，却不清楚他已遇赦归来。杜甫为此挂念不已，忧思成梦，写下了《梦李白二首》。在这组诗中，杜甫通过梦境表达了对李白深切的挂念和忧虑。诗中细腻的笔触，展现了诗人对李白命运的担忧以及二人之间深厚的友情。

　　整组诗分为上下两篇，通过"一头两脚体"的结构，巧妙地将杜甫复杂的情感世界串联在一起。

　　第一首诗开篇即以"死别已吞声，生别常恻恻"将生与死的别离对比，凸显李白流放对杜甫造成的精神重负。通过"死别"反衬"生别"，渲染出李白被流放至遥远绝域，无音讯可寻的巨大痛苦。阴风般的开篇瞬间营造出一种悲怆的氛围，奠定了全诗的情感基调。

　　紧接着，杜甫写道"故人入我梦，明我长相忆"，不直接说梦见李白，而是说李白主动入梦，以表现他对李白的思念。李白出现在梦中的欣慰，被"君今在罗网，何以有羽翼"一句中的疑虑替代。诗人想到李白所处环境的险恶，心生忧虑，梦境因此变得扑朔迷离。这种乍见之喜与转念之忧的对比，生动地刻画了杜甫在梦中真实而复杂的心理。

　　随后，诗中描述了李白魂魄在梦中的旅程："魂来枫叶青，魂返关塞黑。"诗人想象李白魂魄从江南枫林到北方关塞的孤独旅程，象征着李白流放路途的艰险与孤寂。结尾"水深波浪阔，无使蛟龙得"一句，借用屈原的典故，表达杜甫对李白命运的担忧及祝愿。杜甫通过这些典故，将李白与屈原相提并论，不仅表达对友人境遇的深切同情，也展现了对李白才华的敬意。

第一首诗紧扣第一首诗的情感，描绘杜甫对李白的频繁梦境和深厚友情。开篇"浮云终日行，游子久不至"，以浮云的自由对比李白未归的久望，引出"三夜频梦君，情亲见君意"，展示两人间真挚的情感。诗人通过自身梦境表现对李白的思念，反映出两人心灵上的契合。

诗中，杜甫详细描写梦中李白的形象。每次告别时的局促不安，诉说江湖险恶的忧虑，形象地表现李白内心的孤独与无奈。诗人通过细腻的描写，把李白的形象刻画得栩栩如生，令人动容。梦中，诗人看到李白"出门搔白首"，表现了李白的无奈与感伤。他未能实现的壮志以及对人生的失落，在诗人的笔下显得格外沉重。

醒来后的诗人，面对李白的遭遇，愤慨不已。诗中描绘"冠盖满京华，斯人独憔悴"，长安城中尽是达官显贵，而李白却穷困潦倒，令人不平。诗人为此感到无奈，并在"千秋万岁名，寂寞身后事"中表达对李白生前命运的悲哀和身后寂寞的惋惜。诗人借此表达对李白的高度评价和深切同情，同时也映射出自己对社会的不满。

《梦李白二首》通过梦境的描写，将杜甫对李白交往的深厚友谊和对李白命运的深切关注展现得淋漓尽致。第一首诗通过初梦的惊喜与疑虑，生动刻画对李白现状的担忧；第二首诗通过频梦的熟悉与不舍，抒发对李白生平遭遇的不平和同情。这两首诗不仅是杜甫对李白的个人怀念，更是对时代动荡、人生无常的深刻反思。诗人通过梦境升华了情感，表达对友人命运的关切和对社会不公的批判，成为千古传诵的佳作。

集评

明·周珽《唐诗选脉会通评林》：蒋一梅曰：二诗情意亲切，千载而后，犹见李、杜石交之谊。

明·凌宏宪《唐诗广选》：王元美曰：余读刘越石"岂意百炼钢，化为绕指柔"二语，未尝不歆歔罢酒，至少陵此诗结语，辄黯然低徊久之。

清·浦起龙《读杜心解》：始于梦前之凄恻，卒于梦后之感慨，此以两篇为起讫也。"入梦"，明我忆；"频梦"，见君意。前写梦境迷离，后写梦语亲切，此以两篇为层次也。

萧涤非《杜甫诗选注》：这是乾元二年（七五九）秋杜甫流寓秦州时所作。杜甫最推崇李白的天才，也最爱李白的豪放性格。至德二载（七五七）李白因参预永王李璘（玄宗第十六子）的军事行动，坐系浔阳（九江）狱，乾元元年（七五八）长流夜郎（贵州桐梓县境），乾元二年遇赦得还。但杜甫一直没得到他的消息，因而忧念成梦，也就成功了这两首诗，充分表现了杜甫对李白生死不渝的兄弟般的友谊和他们共同的不幸遭遇。

宋·胡仔《苕溪渔隐丛话》：（其一）《西清诗话》云：……（白）风神超迈，英爽可知。后世词人，状者多矣，亦间于丹青见之，俱不若少陵"落月满屋梁，犹疑照颜色"。熟味之，百世之下，想见风采。此与李太白传神诗也。

清·徐增《而庵说唐诗》：（其一）子美作是诗，肠回九曲，丝丝见血。朋友至情，千载而下，使人心动。

清·施补华《岘傭说诗》：（其一）"魂来枫林青"八句，本之《离骚》，而仍有厚气。不似长吉鬼诗，幽奇中有惨淡色也。

明·周珽《唐诗选脉会通评林》：（其二）刘辰翁曰：起语，

千言万恨。次二句，人情鬼语，偏极苦味。"告归"六句，梦中宾主语具是。"冠盖"二句，语出情痛自别。

周啸天《唐诗鉴赏辞典》：（其二）《古诗十九首》云："浮云蔽白日，游子不顾返。"开篇师其辞不师其意，说天上浮云成天移动，人间的游子却久不归来。紧接写一连几夜梦见李白，想必是李白顾念旧人，反过来，恰恰表现的是诗人自己的多情。这首诗更多地写到梦境。它写到了梦中的友人的亲切。

前出塞九首·其六

挽弓当挽强，用箭当用长。
射人先射马，擒贼先擒王。
杀人亦有限，列国自有疆。
苟能制侵陵，岂在多杀伤？

译文

拉弓要拉最坚硬的，射箭要射最长的。
射人先要射马，擒贼先要擒住他们的首领。
杀人要有限制，各个国家都有边界。
只要能够制止敌人的侵犯就可以了，难道打仗就是为了多杀人吗？

鉴赏

《前出塞九首》是杜甫创作的一组军事题材诗歌，写作时间约 751 年至 752 年，此时是唐玄宗天宝年间，当时唐朝正处于对外扩张的高峰期。杜甫通过这组诗表达了他对唐玄宗穷兵黩武政策的不满，以及对国家命运的忧虑。特别是在哥舒翰多次征伐吐蕃的背景下，杜甫的这些作品显得尤为深刻。

诗的前四句采用了类似谣谚的风格，简洁明了地总结了作战策略，强调在战争中需要强大的军队和高昂的士气，同时要有清晰的作战策略和足够的智慧勇气。这种通俗的表达让人一目了然，仿佛在总结一场场战斗的经验。黄生曾评价这部分"似谣似谚，最是乐府妙境"，即表扬其如民间歌谣般自然流畅，具有乐府诗的独特魅力。

然而，真正的主旨在于诗的后半部分。杜甫通过"杀人亦有限，列国自有疆。苟能制侵陵，岂在多杀伤？"慷慨陈词，直接表达了自己对战争的反思。他主张战争应以防御为目的，而非侵略扩张。无论是为了制敌而"射马"，还是出于无奈的"杀伤"，都应以"制侵陵"为终极目标。这种思想不仅反映了国家的长远利益，更契合了百姓的和平愿望。

从艺术手法上看，杜甫采用了先扬后抑的写法。前四句以通俗哲理的语言强调如何练兵用武，后四句则回到战争的本质，强调节制武力、避免无谓杀戮，巧妙地引出"止戈为武"的核心理念。"止戈为武"意指通过威慑而非战争来维护和平。这种辩证思想，正是杜甫对唐玄宗好大喜功政策的深刻反思。

浦起龙在《读杜心解》中提到："上四（句）如此飞腾，下四（句）忽然掠转，兔起鹘（hú）落，如是！如是！"他的评价指出了诗歌在奔腾气势中自然引出的深刻主题。这种"飞腾"和"掠转"不仅展现了作品的波澜壮阔，也突出了杜甫倡导"以战去战"思想的智慧。

集评

明·王嗣奭《杜臆》：《出塞》九首，是公借以自抒所蕴，读其诗，而思亲之孝，敌汽之勇，恤士之仁，制胜之略，不尚武，不矜功，不讳穷，豪杰圣贤，兼而有之，诗人乎哉！

清·黄生《杜诗说》：前四语，似谣似谚，最是乐府妙境。

凤凰台

亭亭凤凰台，北对西康州。

西伯今寂寞，凤声亦悠悠。

山峻路绝踪，石林气高浮。

安得万丈梯，为君上上头。

恐有无母雏，饥寒日啾啾。

我能剖心血，饮啄慰孤愁。

心以当竹实，炯然无外求。

血以当醴泉，岂徒比清流。

所重王者瑞，敢辞微命休？

坐看彩翮长，纵意八极周。

自天衔瑞图，飞下十二楼。

图以奉至尊，风以垂鸿猷。

再光中兴业，一洗苍生忧。

深衷正为此，群盗何淹留？

译文

高耸的凤凰台，面对着西康州。

西伯王如今寂静无声，凤凰的鸣叫声也显得悠长。

山路险峻难寻踪迹，石林中气息浮动。

如何能有一架万丈长梯，让我登顶陪伴你。

怕有无母的小凤凰，饥饿寒冷中日夜哀鸣。

我愿剖开心扉，用食物和关怀安慰它们的孤独。

我的心如竹实般纯粹，没有其他欲望。

我的血如甘甜的泉水，岂止与清澈流水相比。

珍贵的是王者的祥瑞，我怎敢因微小生命而退缩？

静观凤凰羽翼渐展，志向遍布天地四方。

凤凰从天而降，带来吉祥的图卷落在十二楼。

这图卷献给至高无上的君主，凤凰象征宏图大业。

再次照亮中兴的事业，洗尽百姓的忧虑。

我深藏的心意就在此，为何群盗仍滞留不走？

鉴赏

　　杜甫的《凤凰台》描绘了一幅壮丽的图景，蕴含着诗人对理想的执着追求和对社会现状的深刻关注。诗作于杜甫仕途失意时期，充满了他对国家命运的忧虑与希望。

　　开篇以"亭亭凤凰台，北对西康州"引出宏伟景象，其中"亭亭"形容高耸挺拔的样子，瞬间将读者带入广阔壮丽的自然画卷。凤凰台不仅是建筑艺术的象征，更传达了一种超凡脱俗的意境。接下来的"西伯今寂寞，凤声亦悠悠"则流露出历史的沧桑感和对往昔荣光的怀念。这里的"西伯"，指的是古代的某位君主或英雄，如今却只剩下凤凰的悠远鸣叫，象征着对历史变迁的感慨和对繁华不再的叹息。

　　在"山峻路绝踪，石林气高浮"中的"绝踪"，意思是难以到达。诗人通过描绘险峻的地势和飘逸的石林气息，刻画了凤凰台的非凡气质。接着，他表达了渴望攀登高处的愿望——"安得万丈梯，为君上上头"，虽有些夸张，却表现了对高远理想的追求。

随后，诗情由宏伟转为细腻，表达对孤苦生命的关切。"恐有无母雏，饥寒日啾啾"中，表现了对弱小生命的担忧，而"我能剖心血，饮啄慰孤愁"则体现了诗人愿意为解救这些生命做出牺牲，展示出一种超越常人的仁爱和同情。

诗人进而将内心的坚定比作"竹实"，意指心志坚韧，不为外物所动摇，象征他对理想的不懈追求。"炯然无外求"中的"炯然"指光明磊落的样子，表现了其精神自足。

最后，杜甫以"再光中兴业，一洗苍生忧"表达了对国家振兴的期望，希望通过这样的愿景洗去百姓的困顿与忧愁。"深衷正为此，群盗何淹留"则对社会动荡进行了抨击，反映了诗人对社会安宁的渴望。

整首诗从描绘自然景观到表达个人理想，层层递进，体现了杜甫对理想的执着追求和对社会现状的深切关怀。

集评

明·高棅《唐诗品汇》：恳至不厌（末句下）。

明·王嗣奭《杜臆》：公因凤凰台之名，无中生有，虽凤雏允之，而所抒写者实心血也。

发同谷县

乾元二年十二月一日，自陇右赴剑南纪行。

贤有不黔突，圣有不暖席。

况我饥愚人，焉能尚安宅？

始来兹山中，休驾喜地僻。

奈何迫物累，一岁四行役。

忡忡去绝境，杳杳更远适。

停骖龙潭云，回首白崖石。

临岐别数子，握手泪再滴。

交情无旧深，穷老多惨戚。

平生懒拙意，偶值栖遁迹。

去住与愿违，仰惭林间翮。

贤者墨子漂泊不定，圣人孔子席不暖热。

即使是圣人尚且如此，更何况我这个饥寒交迫、资质愚钝之人呢？我怎能指望安居乐业呢？

初到同谷时，因为喜爱这里的幽静与偏远，便决定停留下来定居。

然而，由于衣食的困扰，如今我不得不在短短一年内第四次启程。

离开这无所适从的地方，我满怀忧虑，走向更加遥远的未来，前途一片渺茫。忍不住驻足远望龙潭上空的云朵，回首凝视那白色的崖石。

在这个分别的路口，与几位朋友告别，握手之间，泪水不禁流下。

虽然我们的交情不如老友深厚，但他们和我一样贫困衰老，境遇也十分凄凉。

我生性懒散又笨拙，偶然遇见同谷这样的隐居之地，也算是一种幸运。

如今却要离开，与当初想要在此安居的愿望背道而驰，抬头看见飞鸟归林，我不由得感到惭愧。

鉴赏

杜甫的《发同谷县》是一首纪行诗，创作于唐乾元二年（759年）冬。当时，杜甫离开华州后辗转于多地，最终抵达了同谷。但由于生活窘迫，他不得不再次踏上旅程，带领全家前往成都。在这段行程中，杜甫写下了十二首诗作，这首诗为首篇，叙述了他离开同谷的原因和心境。其中，诗人对同谷的好感和依恋之情流露无遗。

诗歌开篇通过引用《淮南子》中的"孔不暖席，墨不黔突"的典故，以圣人尚且无暇定居自嘲，表达了对自身境遇的无奈。这个典故描述的是，孔子忙于奔走，坐席未暖就要起身离开；墨子居无定所，灶台的烟灰尚未熏黑就又要搬家。杜甫借此抒发对自己漂泊生活的感慨，并用"况"字加强语气，指出自己一年中四次长途跋涉的无奈。

一年的颠沛流离，包括从洛阳到华州、从华州到秦州、从秦州到同谷，再至即将启程的成都之行，频繁的奔波让诗人倍感苦楚。前八句描绘了诗人为生计所迫，行踪不定的窘境。虽然同谷地处偏僻，环境优雅，契合了杜甫的隐居之愿，但由于无法维持基本生计，他不得不再次启程。"地僻"之地未能留住他全家人生活的需求，"一岁四行役"反映了他的无奈与辛酸。

从"忡忡去绝境"到"穷老多惨戚"，这一段表达了杜甫离开同谷时的依恋与不舍。"绝境"对应"地僻"，下文提到的"龙潭云"和"白崖石"则描绘了同谷的秀美风光，突显了自然环境的优越。杜甫与同谷的朋友分别时情景交融，虽是新交，但情谊深厚，与老友无异。这种依依惜别之情与对同谷山水的留恋相得益彰，既表现了对自然的热爱，也展现了对人情的眷恋。

末尾四句描绘了杜甫虽厌倦漂泊但又不得不离开的矛盾心情。他以飞鸟的自由来比喻自身的羁绊，流露出对同谷及新朋友的深切不舍。看到自由自在的飞鸟，杜甫既感羡慕又觉惭愧，反映了他内心的矛盾和对未来的不安。这种情感的表达既委婉又含蓄，耐人寻味。

整首诗以朴素自然的语言，情感真挚地勾勒出杜甫对同谷的深切留恋，表达了他对自身漂泊命运的不满与无奈。诗中蕴含的忧患意识和对生活的思考，使人感受到诗人对生活的无奈与对美好生活的向往。其情感自然流露，结构严谨，起承转合之间，展现了杜甫对人生境遇的深刻洞察和对理想生活的追求。

集评

清·杨伦《杜诗镜铨》：《发同谷县》后十二首，较《秦州诗》更尔刻画精诣，奇绝千古。

清·浦起龙《读杜心解》：此为后十二首之开端，亦如《发秦州》诗，都叙未发、将发时情事，但彼则偷起所赴之区，逆探其景，此则只就别去之地，曲道其情。

清·乔亿《杜诗义法》：前由秦州赴同谷，倒叙也；此由同谷赴成都，则顺序，只言发同谷，不遽及成都。

题壁画马歌

韦偃画，陈浩然《草堂》本作题壁上韦偃画马歌。

韦侯别我有所适，知我怜君画无敌。
戏拈秃笔扫骅骝，欻见骐驎出东壁。

一匹龁草一匹嘶，坐看千里当霜蹄。

时危安得真致此？与人同生亦同死！

译文

　　韦君向我告别，说他要去别的地方。他了解我对他的喜爱，称赞他的画技无人能及。

　　他随手拿起秃笔，迅速绘制了一幅骅骝图，瞬间两匹骐骥宝马便出现在东墙上。

　　一匹正在低头吃草，另一匹在长声嘶鸣，看上去仿佛即将在千里霜雪中策马奔腾。

　　在这动荡不安的时刻，哪里能真正拥有这样的宝马良驹？它们能够与人同生共死！

鉴赏

　　杜甫的《题壁画马歌》创作于上元元年（760年）秋天。当时，杜甫刚在朋友的帮助下结束了颠沛流离的生活，在成都的浣花溪草堂安顿下来。韦偃（yǎn），唐代著名的画马名家，也因安史之乱流落至成都，并与杜甫结为好友。临别之际，韦偃特意来到杜甫的草堂告别，并在墙上画了一幅马图，杜甫则以这首诗表达对友人的赞美和不舍之情。

　　诗歌开篇展现了杜甫与韦偃深厚的友情，说明了创作这幅画的缘由。韦偃即将离开成都，他知晓杜甫对其画艺的喜爱，因此在离别时特地在杜甫的墙壁上作画。两人惺惺相惜，堪称知己。虽然前两句诗中并未直接提到作画之事，但通过"知我怜君画无敌"一语，已经为画马图的创作埋下了伏笔，显示出诗人对画家的理解和欣赏，充分体现了两人深厚的友情。

　　接下来的两句描绘了作画时的情景。韦偃以轻松娴熟的笔触挥洒出千里马的形象。"戏拈秃笔"，形容他拿笔轻松自如，毫不费力，而"扫骅骝，数见骐骥出"则展现了他的技艺精湛，画马传神。一个"出"字用得非常巧妙，似乎马是从墙上跃出一般，真假难辨，进一步突显了韦偃画艺的高超。

五、六句中，杜甫描绘了画面中马的神态：一匹低头吃草，一匹仰首长嘶，姿态各异，生动传神。韦偃以寥寥几笔就捕捉到马的多种形态，使画面丰富而又富有变化。杜甫通过对画中马的细致观察，把马的形神兼备表现得淋漓尽致。

最后两句表达了杜甫观画后的感慨。在国家危难之际，哪里能真正拥有这样的良马？它们不仅是画中之物，更寄托了诗人对同生共死、共患难友谊的渴望。杜甫在《房兵曹胡马诗》中也表达过类似的情感，都是借咏马传达对国事的忧虑和对知己的期望。此段不仅展现了杜甫深厚的爱国情怀，也反映了他在日常生活中无时无刻不牵挂国家的命运。

整首诗通过对韦偃画马技艺的高度赞扬，以及对马的形象的细致描绘，展现了杜甫对友人深厚的情感和强烈的爱国之心。诗中虽采用了整齐的七言句式，但仍保留了七言古诗的自由风格，融叙事与抒情于一体，情感自然流畅。诗中"骅骝"和"骐骥"虽指同一事物，但分别从作画者和观画者角度进行描绘，丝毫不显重复，反而更突出诗人对画家技艺的赞赏和对友谊的珍视。

集评

明·钟惺《唐诗归》：（"一匹"句）闲细。（"时危"句）下一"真"字，意便不在画，亦不在马。

清·张溍《读书堂杜诗注解》：公咏马，每说与人关切处，如"与人一心成大功"，"真堪托死生"是也。

清·爱新觉罗·弘历《唐宋诗醇》：屹然健笔，转出命意，乃诗人之旨。

清·浦起龙《读杜心解》：上两联，逆入得势。"一匹"二句，简括如飞。结联，见公本色。

百忧集行

忆年十五心尚孩，健如黄犊走复来。

庭前八月梨枣熟，一日上树能千回。

即今倏忽已五十，坐卧只多少行立。

强将笑语供主人，悲见生涯百忧集。

入门依旧四壁空，老妻睹我颜色同。

痴儿不知父子礼，叫怒索饭啼门东。

译文

年少之时，无忧无虑，体魄健全，精力充沛，真是朝气蓬勃。

当梨枣成熟之时，少年杜甫频频上树摘取，一日至少千回。

可又想现在由于年老力衰，行动不便，因此坐卧多而行立少。

一生不甘俯首低眉，老来却勉作笑语，迎奉主人。不禁悲从中来，忧伤满怀。

一进家门，依旧四壁空空，家无余粮，一贫如洗。老夫老妻，相对无言，满面愁倦之色。

只有痴儿幼稚无知，饥肠辘辘，对着东边的厨门，啼叫发怒要饭吃。

《百忧集行》创作于唐肃宗上元二年（761 年），彼时杜甫栖居成都草堂，过着极为困苦的生活。成都尹严武邀请他担任参谋，并推荐为检校工部员外郎。然而，杜甫在此期间常遭冷遇，仕途不得意。面对这样的人生境遇，他回忆起少年时的快乐，思索如今的艰辛，感慨万千，于是写下了这首诗。

诗的开篇前四句描绘了诗人无忧无虑的少年时光，充满了喜悦："心尚孩"意指十五岁时仍保有孩童般的天真烂漫。诗人身体强健，犹如"黄犊"般活泼，甚至夸张地说能在树上攀爬千次，强调了少年时期的无忧无虑。

然而，时光飞逝，诗人已至知天命之年，身心俱疲，步履蹒跚。"倏忽"一词生动地表现出时间的残酷，从"十五"到"五十"，人生的转变令人悲叹。诗人从快乐走向悲伤，从健壮走向衰老，从富裕走向贫困，这种种对比让他不禁悲从中来，百感交集。

当时杜甫居住在成都草堂，依赖官府和亲友的资助。这样靠施舍度日的生活，让向来自视清高的他深感悲痛。正如诗中所言"悲见生涯百忧集"，这一句高度概括了全诗的情感，与诗题相呼应，开启了对现实时局的具体描绘。

在家中，四壁空空，家无余粮，贫困到极点；夫妻对坐无言，满面愁苦；痴儿饥肠辘辘，啼哭索食。如此景象，历历在目，怎不令人心酸？尤其是诗以孩子的饥饿结尾，更加重了内心的痛楚。少年时的无忧无虑，与无法给孩子提供温饱的窘境形成鲜明对比，突显了诗人内心的善良与无奈。这不仅是个人的不幸，更是时代的悲剧。

杜甫通过细腻的笔触，生动刻画了自己的内心世界，展现了一个充满人情味的诗人形象。全诗情感真挚，语言凝练，让人感受到时代的艰辛和个人的无奈。

集评

明·王嗣奭《杜臆》："强将笑语供主人"，写作客之苦刻骨，身历始知。四壁依旧空，老妻颜色同，痴儿索饭啼，不亲历，写不出。写得情真自然，妙绝。

清·杨伦《杜诗镜铨》：形容绝倒，正为衬出下文（"健如黄犊"三句下）。写憔悴，言少意多（"坐卧只多"句下）。亦带诙谐（"痴儿不知"句下）。聊以泄愤，不嫌径直。

茅屋为秋风所破歌

八月秋高风怒号，卷我屋上三重茅。

茅飞度江洒江郊，高者挂罥长林梢，下者飘转沉塘坳。

南村群童欺我老无力，忍能对面为盗贼。

公然抱茅入竹去，唇焦口燥呼不得，归来倚杖自叹息。

俄顷风定云墨色，秋天漠漠向昏黑。

布衾多年冷似铁，骄儿恶卧踏里裂。

床床屋漏无干处，雨脚如麻未断绝。

自经丧乱少睡眠，长夜沾湿何由彻！

安得广厦千万间，大庇天下寒士俱欢颜，风雨不动安如山。

呜呼！何时眼前突兀见此屋，吾庐独破受冻死亦足！

译文

八月的秋天，狂风呼啸，猛烈地刮走了我屋顶上的几层茅草。

茅草在风中飞舞，越过浣花溪，洒落在对岸的江边。那些飞得高的茅草挂在高高的树梢上，而飞得低的则盘旋着沉落在低洼的池塘中。

南村的小孩子们欺负我年老体弱，竟然如此大胆地在我面前抢东西。

他们毫不掩饰地抱着茅草跑进竹林里去。我口干舌燥地喝止他们，却无济于事，只能回家倚杖叹息。

不久后，风停了，天空乌云密布，秋天的天空变得幽暗深沉，渐渐进入夜色。

旧布被好几年了，一直寒冷如铁，孩子睡姿不好，把被子踢破了。

屋顶漏雨，没有一处是干的，雨水像垂下的麻线一样不停地滴落。

自从安史之乱爆发以来，我就很少有安稳的睡眠，漫漫长夜被湿气困扰，如何才能熬到天亮啊！

要是能有千万间宽敞的房屋，能够普遍庇护天下所有贫寒的读书人，让他们喜笑颜开，屋子在风雨中坚定如山。

唉，什么时候能看到这样突兀而立的房屋，即使我的茅屋被秋风破坏，我自己受冻而死也心甘情愿！

鉴赏

《茅屋为秋风所破歌》是杜甫的经典之作，创作于唐肃宗上元二年（761年）八月。当时，杜甫在成都浣花溪边好不容易建起了一座简陋的茅草屋，作为他颠沛流离生活中的一个安身之处。然而，命运不济，仅过了一年，一场突如其来的狂风暴雨就无情地摧毁了这座本已脆弱的住所。彼时，安史之乱仍未平息，国家动荡不安，诗人心中感慨万千，因此写下了这首感人至深的诗篇。

全诗以秋风破屋为引子，分为四段，层层递进，情感逐步升华。

首段五句，以"八月秋高风怒号，卷我屋上三重茅"开篇，一个"怒"字，将秋风拟人化，形象地描绘出风势之猛，令人仿佛听见那呼啸之声，感受到诗人对茅屋被毁的焦急与无奈。紧接着，"茅飞渡江洒江郊，高者挂罥长林梢，下者飘转沉塘坳"，通过一系列动词"飞""渡""洒""挂罥""飘转"，生动展现了茅草被风卷走的场景，画面感极强，同时也透露出诗人对茅草无法收回的痛心与惋惜。

第二段五句，转而描写南村众儿童抱走散落在地上的茅草，诗人因年老体弱无力阻止，只能眼睁睁看着，心中愤懑却无能为力。"欺我老无力，忍能对面为盗贼"，这里的"盗贼"并非实指，而是诗人对儿童行为的一种情感上的强烈反应，实则反映了诗人对自身处境的无奈与对社会冷漠的感慨。最后，"归来倚杖自叹息"，诗人归来拄杖，独自叹息，既是对自己遭遇的哀叹，也是对世态炎凉的反思。

第三段八句，笔触转向"屋漏偏逢连夜雨"的惨状。"俄顷风定云墨色，秋天漠漠向昏黑"，以环境描写烘托出诗人内心的愁苦与绝望。随后，"布衾多年冷似铁，娇儿恶卧踏里裂"，通过布被破旧、孩子睡姿不好踢破被子的细节，进一步展现了诗人生活的艰辛。"床床屋漏无干处，雨脚如麻未断绝"一句，将雨夜的凄凉与无助推向高潮，诗人长夜难眠，心中充满了对未来的忧虑与恐惧。

末段四句，诗人情感达到顶峰，由个人的不幸联想到天下寒士的苦难，发出了"安得广厦千万间，大庇天下寒士俱欢颜，风雨不动安如山"的豪迈誓言。这不仅是诗人对理想社会的向往，更是他忧国忧民、舍己为人的高尚品格的体现。最后"呜呼！何时眼前突兀见此屋，吾庐独破受冻死亦足"句，诗人以近乎悲壮的口吻，表达了自己甘愿牺牲个人幸福，也要为天下苍生谋福祉的崇高理想。

整首诗以"秋风破屋"为线索，通过细腻的心理描写与生动的场景刻画，展现了诗人在艰难困苦中的坚忍与不屈，以及他对社会现实的深刻洞察与对理想社会的热切向往。这首诗不仅是对个人不幸的倾诉，更是对时代苦难的深刻反映，其忧国忧民的情怀与博大胸襟，至今仍激励着无数读者，成为中华民族宝贵的精神财富。

集评

清·王嗣奭：《杜臆》："广厦万间"，"大庇寒士"，创见故奇，袭之便觉可厌。……"呜呼"一转，固是曲终馀意，亦是通篇大结。

明·陆时雍《唐诗镜》：子美七言古诗气大力厚，故多局面可观。力厚，澄之使清；气大，束之使峻：斯尽善矣。

清·浦起龙《读杜心解》：起五句完题，笔亦如飘风之来，疾卷了当。"南村"五句，述初破不可耐之状，笔力恣横。单句缩住，黯然。"俄顷"八句，述破后拉杂事，停"风"接"雨"，忽变一境；满眼"黑"、"湿"，笔笔写生。"自经丧乱"，又带入平时苦趣，令此夜彻晓，加倍烦难。末五句，翻出奇情，作矫尾厉角之势。……结仍一笔兜转，又复飘忽如风。《楠树篇》峻整，《茅屋篇》奇累。

清·曾国藩《十八家诗钞》：张曰：沉雄壮阔，奇繁变化，此老独擅。

清·爱新觉罗·弘历《唐宋诗醇》：极无聊事，以直写见笔力，入后大波轩然而起，叠笔作收，如龙掉尾，非仅见此老胸怀。若无此意，则诗亦可不作。

萧涤非《杜甫诗选注》：这是杜甫有名的一首诗，对后来大诗人白居易和大政治家王安石以及其他广大的读者都起过很大的教育作用。是上元二年（居成都草堂的第二年）秋天写的。杜甫不是"但自求其穴"的蝼蚁之辈，所以尽管自己的茅屋破了，却希望广大的穷人都有坚牢的房子住，并不惜以自己的冻死为代价，充分表现了他对人民的同情和热爱。

周啸天《唐诗鉴赏辞典》：上元二年（761年）秋八月作于草堂，草堂也就是茅屋，其诗《堂成》说"背郭堂成荫白茅"，可知草堂最初建成的样子。从这一时期所作的不少七律看，诗人的生活是相对安定的，心情也较为舒畅。《南邻》诗云"锦里先生乌角巾，园收芋栗未全贫"，好个"未全贫"，它恰如其分地表明了诗人当时未脱贫而十分安贫的处境。稍有天灾人祸，就要露出它的困窘来。761年的这个秋天情况就有不妙，草堂至少遭遇了一次暴风雨的袭击，堂前临江一棵两百岁的楠木也被连根拔起，屋漏把诗人搞得十分狼狈。在那个狼狈的夜晚，他想到普天下与他一样和比他处境更糟的人，想得很多很多，从而留下了这一名篇。

阆水歌

嘉陵江色何所似，石黛碧玉相因依。

正怜日破浪花出，更复春从沙际归。

巴童荡桨欹侧过，水鸡衔鱼来去飞。

阆中胜事可肠断，阆州城南天下稀。

译文

嘉陵江水色像什么，仿佛就是石黛碧玉相接交错的感觉。
可爱的红日正冲破浪花出来，更有春色从沙海那边归来。
巴地的孩童荡着桨从旁边经过，水鸡衔着小鱼来去飞翔。
阆中胜事美景令人爱杀，阆州城南的胜景真是天下稀有！

鉴赏

杜甫的《阆水歌》创作于广德二载（764年）早春至春末期
间。这是杜甫第二次到达阆中，他应王刺史之邀，在此停留近三
个月，并参与了当地清明节前后的扫墓活动。在这段时间里，杜
甫因感慨万千，写下了这首《阆水歌》。

诗的开篇通过问答的形式，描绘了春天嘉陵江的美丽景色。
首句"嘉陵江色何所似"提出问题，次句"石黛碧玉相因依"形
象地回答了这一问题。杜甫借用"石黛"和"碧玉"这两个意
象，细腻地描绘了江水的碧绿清澈，表现出寄情于景的诗意。

接下来，诗人描述了乘船观赏江上景色的过程。"正怜日破
浪花出"展现了他对江面日影被浪花打破的惋惜之情。紧接着，
杜甫以"更复春从沙际归"转折，将目光转向岸边河滩上的绿
草，表达了对大自然生机勃勃的赞美。这一段通过融景于情的手
法，把自然的动态美与诗人的情感交织在一起。

"巴童荡桨欹侧过"描绘了当地小孩划船的情景，虽然简单，
却体现了杜甫诗作中的人民性。接下来的"水鸡衔鱼来去飞"不
仅勾勒出自然界的生动景象，也为后人提供了杜甫创作环境的线
索。这两句通过情景交融的表现手法，既描绘了阆中的生活气

息，又自然引入了诗人的内心世界。

诗的末尾，"阆中胜事可肠断"通过"可肠断"表达出杜甫在了解阆中历史胜事后的感慨与悲伤。杜甫用"恼杀人意"的心境，暗示了他对于安史之乱的回忆与感慨。而结句"阆州城南天下稀"则通过赞美阆中的独特地理和文化优势，表达了对阆中这一"天下稀"之地的由衷赞美。

《阆水歌》通过寄情于景、融景于情、情景交融、抒情兼叙事的多种手法，将杜甫对阆中的赞美与对时局的感慨融为一体。即使在阆中的时间不长，杜甫仍然创作了不少佳作，这首诗与《阆山歌》一起，成为他在这一时期的代表作，充分展现了诗人与自然、历史、现实的深刻共鸣。

集评

清·仇兆鳌《杜诗详注》：此咏阆水之胜，亦在六句分别景情。水兼黛碧，清绿可爱也。

明·王嗣奭《杜臆》：江阔见日从江中起，故云，"日破浪花出"。

清·爱新觉罗·弘历《唐宋诗醇》：二诗（按指此首与《阆山歌》）著语奇秀，觉空翠扑人，冲襟相照。

负薪行

夔州处女发半华，四十五十无夫家。

更遭丧乱嫁不售，一生抱恨堪咨嗟。

土风坐男使女立，应当门户女出入。

十犹八九负薪归，卖薪得钱应供给。

至老双鬟只垂颈，野花山叶银钗并。

筋力登危集市门，死生射利兼盐井。

面妆首饰杂啼痕，地褊衣寒困石根。

若道巫山女粗丑，何得此有昭君村？

夔州的处女们，青丝已斑白，年逾四五十仍无夫婿相伴。

战乱频仍让她们更难觅良缘，终生只能怀揣遗憾，哀叹连连。

此地风俗异于常，男子坐享安逸，女子则立侍劳碌，家中主内主外分工截然。

女子背负柴薪归来的身影随处可见，所得微薄收入需支撑家计并缴纳税赋。

即便老去，她们仍保留着少女的发饰，双鬟垂颈，野花与银钗相映成趣。

为求微利，她们不畏生死，上山砍柴又入市售卖，甚至涉足盐井运盐。

终年劳碌，面带愁容，衣衫单薄难御寒，孤独地生活在偏远山脚。

若说巫山女子天生粗陋不堪，那又如何能孕育出如王昭君般的绝代佳人？

在唐代宗大历元年（766 年）的暮春时节，杜甫踏上了一段从云安至夔州的旅程，最终在这片被山川环抱的土地上驻足。此时的夔（kuí）州，不仅以其壮丽的自然风光著称，更因战乱后的社会现状而显得尤为沉重。杜甫，这位心系苍生的伟大诗人，目睹了夔州妇女的艰辛生活与独特土风民俗，心中涌起无限感慨，挥毫写下了《负薪行》这一深刻反映社会现实的佳作。

《负薪行》开篇便直击社会痛点，非直接描绘夔州风物，而是借古喻今，引出"内积怨女，外有旷夫"的历史性社会问题。在安史之乱后的唐朝，夔州之地的女子，因战乱导致的男丁稀少，不得不承受青春消逝、婚姻无望的命运。这里的"上头"（古时女子成年礼）与"半白"形成鲜明对比，透露出无尽的哀怜与悲叹。其中，"堪咨嗟"三字，无论是用"堪"表哀怜，还是用"长"显自怨，都深刻体现了诗人对夔州处女命运的深切同情。

随后，诗笔一转，聚焦于夔州特有的"土风"——男尊女卑、男逸女劳的社会现象。女子们不仅要承担繁重的家务劳动，还要外出负薪、背盐，以微薄的收入支撑家庭，其身心所承受的双重压力，令人动容。杜甫以细腻的笔触，将这一社会现象具象化，通过"十有八九负薪归"与"死生射利兼盐井"等句，生动展现了夔州妇女在生存边缘挣扎的悲壮图景。其中，"死生射利"四字，更是将她们为生计所迫、冒险贩私盐的艰难处境刻画得淋漓尽致，令人不禁为之动容。

在描写妇女日常生活的同时，杜甫还巧妙地穿插了对她们妆容的描写，如"至老双鬟只垂颈，野花山叶银钗并"。这些看似不起眼的细节，实则透露出她们对美好生活的向往与坚持，即便在困苦之中，也未完全丧失对美的追求。然而，这份坚持与向往，在残酷的现实面前，更显得珍贵而无奈。

诗末，杜甫以反诘收束全篇，提出"若道巫山女粗丑，何得此有昭君村？"的疑问。这里，他借王昭君之美，反衬夔州处女之冤，质疑封建统治者对劳动妇女的偏见与污蔑。这种直接而有力的反驳，不仅体现了杜甫对劳动妇女的尊重与同情，也彰显了他作为一位伟大诗人的正义感与责任感。

明·王嗣奭《杜臆》：与下《最能行》俱因夔州风俗薄恶而发……又以"射利"忘其"死生"，而兼"盐井"，形容妇人之苦极矣！然以"野花山叶"比于金钗，则当之者以为固然，不知其苦也。尤可悲也！

清·何焯《义门读书记》：带"负薪"，顾"抱恨"。

清·杨伦《杜诗镜铨》：风土诗，须如此朴老。

壮游

往昔十四五，出游翰墨场。

斯文崔魏徒，以我似班扬。

七龄思即壮，开口咏凤凰。

九龄书大字，有作成一囊。

性豪业嗜酒，嫉恶怀刚肠。

脱略小时辈，结交皆老苍。

饮酣视八极，俗物都茫茫。

东下姑苏台，已具浮海航。

到今有遗恨，不得穷扶桑。

王谢风流远，阖庐丘墓荒。

剑池石壁仄，长洲荷芰香。

嵯峨阊门北，清庙映回塘。

每趋吴太伯，抚事泪浪浪。

枕戈忆勾践，渡浙想秦皇。

蒸鱼闻匕首，除道哂要章。

越女天下白，鉴湖五月凉。

剡溪蕴秀异，欲罢不能忘。

归帆拂天姥，中岁贡旧乡。

气劘屈贾垒，目短曹刘墙。

忤下考功第，独辞京尹堂。

放荡齐赵间，裘马颇清狂。

春歌丛台上，冬猎青丘旁。

呼鹰皂枥林，逐兽云雪冈。

射飞曾纵鞚，引臂落鹙鸧。

苏侯据鞍喜，忽如携葛强。

快意八九年，西归到咸阳。

许与必词伯，赏游实贤王。

曳裾置醴地，奏赋入明光。

天子废食召，群公会轩裳。

脱身无所爱，痛饮信行藏。

黑貂不免敝，斑鬓兀称觞。

杜曲晚耆旧，四郊多白杨。

坐深乡党敬，日觉死生忙。

朱门任倾夺，赤族迭罹殃。

国马竭粟豆，官鸡输稻粱。

举隅见烦费，引古惜兴亡。

河朔风尘起，岷山行幸长。

两宫各警跸，万里遥相望。

崆峒杀气黑，少海旌旗黄。

禹功亦命子，涿鹿亲戎行。

翠华拥英岳，螭虎啖豺狼。

爪牙一不中，胡兵更陆梁。

大军载草草，凋瘵满膏肓。

备员窃补衮，忧愤心飞扬。

上感九庙焚，下悯万民疮。

斯时伏青蒲，廷净守御床。

君辱敢爱死，赫怒幸无伤。

圣哲体仁恕，宇县复小康。

哭庙灰烬中，鼻酸朝未央。

小臣议论绝，老病客殊方。

郁郁苦不展，羽翮困低昂。

秋风动哀壑，碧蕙捐微芳。

之推避赏从，渔父濯沧浪。

荣华敌勋业，岁暮有严霜。

吾观鸱夷子，才格出寻常。

群凶逆未定，侧伫英俊翔。

回忆起过去十四五岁的时候，我就已经出入文坛。

当时的文坛名士如魏启心、崔尚，都把我和汉代的班固、扬雄相提并论。

我七岁时便已才思敏捷，能出口成章，吟诵凤凰。

九岁开始练习书法，作品已经累积如囊。

我性格豪放，酷爱饮酒，嫉恶如仇，性情刚直。

与我同龄的人早已不放在眼里，交往的都是饱学宿儒、忘年之交。

喝酒兴起时俯视天地，觉得世间万物都显得俗不可耐。

我曾东游苏州，登上姑苏山，怀有远洋航行的幻想。

直到今天仍感遗憾，当时未能真正东游日本扶桑。

这里王导和谢灵运的风雅遗事已成往事，吴王阖闾的坟墓——虎丘也已荒凉。

唯有剑池的石壁依然陡峭如昔，城南长洲的荷花散发着清香。

山峰高耸在阊门北方，肃穆的太伯庙光辉映照着清澈的池塘。

每次参拜那为了让位于弟而避走远乡的太伯，联想到当今的纷争，愈发感慨不已。

卧薪尝胆、枕戈待旦的越王勾践，还有渡过浙江的秦始皇。

听闻专诸在蒸鱼中藏匕首刺杀吴王的故事，朱买臣的前妻之夫扫路迎接朱买臣衣锦还乡。

江浙的女子肤白如雪，天下无双，加之鉴湖清凉，仲夏时节依然宜人。

剡溪的山水风光奇特秀丽，让人终生难忘。

归乡的船帆似乎擦过天姥山峰，中年时我回到了河南巩县我的故乡。

不久我就参加了科举考试，当时的气概可以和屈原、贾谊媲美，胸中的才华让我轻视曹植、刘桢的作品。

谁料我的诗文不被考官赏识，名落孙山，我独自告别了京城的官府。

在齐赵之地，我尽情放荡，轻裘肥马，自在洒脱。

春日里，我登上昔日赵王修建的丛台高歌，冬日里，我打猎到齐景公狩猎过的青丘旁。

在皂枥树林中放鹰追猎，骑马逐兽在云雪岗。

策马疾驰射飞鸟，箭矢应声落地。

我的同伴苏源明在马鞍上兴奋不已，我忽然觉得自己像晋朝的山简镇守襄阳时的得力助手葛强。

就这样度过了八九年，我又向西回到了咸阳。

当时交往的都是文坛巨匠，一起游玩的都是贤明的亲王。

我曳着衣襟出入于奢华的酒宴，在明光宫献上"三大礼赋"。

皇帝因此而停下用餐召见我，身穿华丽衣装的王公大臣肃立两旁。

然而，只给了我一个河西尉的小官，从此我以酒解愁，借酒浇心。叹息！还是孔子说得好："用之则行，舍之则藏"。

我就像苏秦在咸阳不得志，白白糟蹋了黑貂皮的衣裳，我已经鬓发斑白，仍独自痛饮。

晚年久居长安杜曲，老邻居和亲友陆续离世。四郊又添几株白杨。

因资历和年岁受到乡邻的敬重，但我越来越感到岁月无情。

朝廷权贵们互相倾轧，争权夺利，今天这家族被灭门，明天那家又遭祸殃。

宫廷为了养那会跳舞的"国马"耗尽粮食，又为那善斗的"官鸡"浪费大量稻谷。

从这些事情可以看出奢靡浪费到了何种地步，想到古人的教训，让人忧虑国家的命运。

河北的安禄山叛乱突然爆发，老皇帝逃往四川漫长的路途。

南北宫廷各自戒备森严，相距万里遥遥相望。

崆峒山弥漫着战火的烟尘，少皇帝的黄色旌旗在飘扬。

大禹功勋卓著也将王位传给儿子，少皇帝（亲自出征）就像黄帝讨伐蚩尤那样。

皇家的翠羽华盖布满吴山，像螭虎般威武要吞噬豺狼。

可惜刚刚出手却没有击中敌人，反而让胡兵更加猖狂。

官军仓促备战又战败，天下的凋敝和苦难已无可救药。

虽然虚挂左拾遗官职要为皇帝分忧，忧国愤世的心情却无处发泄。

心中感伤九庙被焚毁，也为万民遭受的创伤而悲叹。

此时我跪伏在朝堂上，苦苦向皇上进谏。

君王遭受羞辱，臣下自然不敢惜命。

幸好皇帝明智宽宏，天下才得以稍安。

君臣哭祭已成废墟的庙堂，含泪拜谒于未央宫。

小臣关心国事的议论已经止息，只因年老多病如客他乡。

郁郁不得志使眉难展，就像衰弱的鸟儿难以展翅翱翔。

萧瑟的秋风在山谷中回荡，青青的蕙草也失去芳香。

介之推避赏隐居深山，渔父淡于名利濯足沧浪。

荣华富贵可以与功业媲美，但到了岁末就要提防严霜损伤。

我看急流勇退改名鸱夷子的范蠡，才智人格都不同寻常。

群凶叛乱现在尚未彻底平定，我要静观英杰之士立功扬名、展翅高飞！

鉴赏

《壮游》约作于大历元年（766年）秋天，杜甫当时寓居夔州，生活相对安定，这使他有时间和心情回顾自己的人生经历，并投入创作。这段时间成为杜甫诗歌创作的高峰期之一，他创作了四百余首诗，占其现存诗作的三分之一。《壮游》是一首自传性的长诗，从童年写到晚年，展现了杜甫的思想矛盾、苦痛以及当时的社会环境和政治局势，将抒情与叙事巧妙结合，体现了自传诗的特色。

诗歌开篇回顾了杜甫的少年时光，他自幼聪慧，七岁就能咏凤凰，九岁便会书写大字；十四五岁时，他的文才已被著名儒士称赞，堪比东汉史学家班固和西汉文学家扬雄。诗中展现了他的性格：豪爽、刚直，爱酒、疾恶如仇。他自负其才，对庸俗之人不屑一顾，更倾向于结交德高望重的长者。

接下来，诗中描绘了他青年时期在吴越的游历。从姑苏台的凭吊到游览吴王阖闾的墓地，杜甫以游记形式表达了他对历史的反思和对国家自强不息的期望。尽管未能如愿浮海远游，留下遗憾，但诗中流露出他对祖国壮丽山河的热爱。

杜甫的生活经历并不止于此。洛阳落第后，他在齐赵一带过着放荡不羁的生活，体会到了自由的喜悦。他虽然未能在考试中取得成功，但从未放弃对文武兼修的追求。通过这些经历，他的诗中充满了对理想生活的追求与失落。

长安十年的求仕生涯中，他结交知己，进献《三大礼赋》，虽被任命为河西县尉，却未能就职，生活困顿。杜甫在诗中感叹壮志未酬，青春已逝，并反映了唐朝奢靡腐败的现实。他的忧愁不仅限于个人遭遇，更关乎国家命运，诗中透露出深刻的忧国忧民之情。

安史之乱期间，杜甫奔赴凤翔，因劝谏触怒肃宗而获罪。唐玄宗逃往四川，国家分裂，人民困苦。杜甫忠心于国，救宰相房琯却触怒天子，幸得张镐相救，免遭杀害。收复长安后，他在灰烬中哭庙，对国事和人民的深切同情以及忠诚爱国的情感得以充分展现。

被贬后，他辗转巴蜀，生活艰辛，但依旧心系国家。杜甫用苦涩的笔调描写自己的暮年心态，长叹无奈与辛酸。尽管面对黑暗现实与贫困生活，他的诗中始终跳动着一颗忧国忧民的心，展现了杜甫深刻的人生感悟和不屈的精神。整首诗围绕杜甫的生活展开，层次分明，语言精练生动，通过叙事、抒情、描写和议论，深刻表达了他的思想情感及对时代的关注。

集评

明·王嗣奭《杜臆》：此乃公自为传，其行径大都似李太白。然李一味豪放，公却豪中有细。

清·仇兆鳌《杜诗详注》：杜集中，叙天宝乱离事凡十数见，而语无重复，其才思能善于变化。

清·杨伦《杜诗镜铨》：后文说到极凄凉处，未免衰飒，却正是"烈士暮年，壮心不已"之意，想见酒酣耳热，击碎唾壶时候。

莫相疑行

男儿生无所成头皓白，牙齿欲落真可惜。

忆献三赋蓬莱宫，自怪一日声辉赫。

集贤学士如堵墙，观我落笔中书堂。

往时文彩动人主，此日饥寒趋路旁。

晚将末契托年少，当面输心背面笑。

寄谢悠悠世上儿，不争好恶莫相疑。

身为堂堂七尺男儿，却一生碌碌无为，如今满头白发，牙齿也快掉光，实在让人惋惜。

回想当年，我将三大礼赋献给皇宫，受到皇帝的赏识，自己也惊讶于一夜之间声名鹊起。

集贤殿的学士们围观者众，密密麻麻地排列得像堵墙，都争相观看我在中书堂下笔写文章。

过去，我因文采高而受到君王关注，如今却因饥寒交迫而在路边奔波。

晚年时将自己的真情托付给年轻的同僚，他们表面推心置腹，背地里却嘲笑我。

我要告诫你们这些俗世小人，无论交情如何亲密或疏远，都不应该相互猜忌。

鉴赏

唐永泰元年（765年），杜甫暂时定居于成都。好友严武再次掌管成都，邀请杜甫任职，希望他能有所成就，施展才华。然而，在这一过程中，杜甫体验到了人情冷暖，受到了一些人的排挤和嫉妒。于是，在正月初二，杜甫辞职重回成都浣花溪的草堂，并写下这首诗，表达内心的积郁和不快，同时表明自己的心志。

诗的前半部分，杜甫描绘了自己如今老态龙钟的样子，追忆当年意气风发的情景。他回忆起当年献上《朝献太清宫赋》《朝享太庙赋》和《有事于南郊赋》时，曾受到皇帝的赏识，显赫一时。那时的蓬莱宫（即大明宫）中，杜甫作为主角，集贤殿的学士们围观如墙，纷纷欣赏他的才华。那种春风得意的感觉，让他自己也仿佛置身梦中。然而，如今的他却是白发苍苍、牙齿脱落，仿佛一生无成，寄人篱下。

然而，往日的辉煌已成过眼云烟，如今他却不得不在饥寒中奔波。诗的后半部分，杜甫满怀心酸与悲哀。尽管他在工作中倾注了一腔热血，仍然遭遇到"当面输心背面笑"的虚情假意。面对饥寒交迫的境遇，他不仅为自己的命运感到落魄，更为整个社会的黑暗而感到愤慨。

在这首诗中，杜甫不仅惋惜自己的才华与命运，更深刻反思了当时的社会现实。同时，诗中也表现了他不愿屈服于世事，坚持精神独立的执着追求。杜甫以他特有的笔触，将内心的愤懑与不平表达得淋漓尽致，情感自然流露，具有极强的感染力。

集评

清·黄生：公以白头趋幕，不免为同列少年所侮，故一则云："晚将末契托年少，当面输心背面笑。"一则云："老翁慎莫怪少年，葛亮贵和书有篇。"合二作观之，显是幕中所赋，从未经人拈出。

清·胡夏客："往时文采动人主，此日饥寒趋路旁"，虽怀抱如斯，亦品地有失。凡诗，必说忧君忧国，太迂；但言愁饥愁寒，太卑。杜公不免有此二病。

下篇　近体诗

赠李白

秋来相顾尚飘蓬，未就丹砂愧葛洪。

痛饮狂歌空度日，飞扬跋扈为谁雄。

译文

秋天离别时两相顾盼，像飞蓬一样到处飘荡；没有去求仙，真是愧对晋代那位炼丹的葛洪。

每天痛快地饮酒狂歌，白白地消磨日子；你那么飞扬跋扈，究竟是为了谁而表现得如此雄壮呢？

鉴赏

杜甫的《赠李白》写于公元745年秋季，当时李白和杜甫在鲁郡（今山东兖州）再次见面。天宝三载（744年）初夏，杜甫与刚被唐玄宗赐金放还的李白在洛阳相识，遂相约同游梁宋（今河南开封、商丘一带）。天宝四载，二人又同游齐赵，他们一同驰马射猎，赋诗论文，亲如弟兄。这年秋天，杜甫与李白在鲁郡相别，杜甫写了这首赠诗。

"秋来相顾尚飘蓬"这一句中，杜甫以"飘蓬"比喻他们二人的漂泊不定。秋天来临时，他们彼此见面，生活却依旧如同飘零的蓬草，居无定所。这不仅描绘了两人的生活状态，也暗示了他们仕途的不顺和心中的苦闷。当时李白因遭受排挤，被唐玄宗赐金放还，远离了长安的权力中心，与杜甫一起漫游齐鲁，此诗直指他们当时共同的处境。

"未就丹砂愧葛洪"，诗句中"丹砂"即朱砂。道教认为炼砂成药，服之可以延年益寿。"葛洪"指东晋道士，自号抱朴子，入罗浮山炼丹。李白好神仙，曾自炼丹药，并在齐州从道士高如贵受"道箓（lù）"（一种入教的仪式）。杜甫也渡黄河登王屋山访道士华盖君，因华盖君已死，惆怅而归。两人在学道方面都无所成就，所以说"愧葛洪"。

这句表面上似乎在劝李白追求道家生活，像葛洪一样炼丹求仙，以求长寿。事实上，杜甫在此并非真的建议李白炼丹，而是借用葛洪这个东晋道士的典故，表达对李白处境的感慨和不平。李白对神仙道术曾有兴趣，这里"愧葛洪"实际上是一种隐喻，劝慰李白不要为当前的失意而伤感，应该超然物外。

"痛饮狂歌空度日"，杜甫继续规劝李白，提醒他不要沉溺于痛饮狂歌、虚度光阴。这既是对李白才华的赞美，也是对他未能得到重用的遗憾和愤慨。李白狂放不羁的性格在此得到了生动的体现。杜甫用"痛饮"和"狂歌"勾勒出李白的形象，揭示了了他内心的豪情和在失意时的排遣方式。这种深沉的劝慰，表露出杜甫对李白的诚挚情感。

"飞扬跋扈为谁雄。"最后一句以反问作结，强调李白"英雄无用武之地"的感慨。这一问不仅增强了对李白的同情和爱怜，也深刻地表达了杜甫的惋惜之情。"飞扬跋扈"虽通常含有贬义，但在这里却是褒义，赞扬李白的桀骜不驯和卓尔不群。杜甫在此表达了对李白才华得不到承认的惋惜："为谁雄"则反映出李白壮志难酬的无奈与孤独。杜甫借助这个问题，将整首诗推向高潮，表现出了一种强烈的情感波动。

这首诗用简洁有力的语言，把李白的形象刻画得栩栩如生，短短二十八字，层次分明、情感饱满。杜甫通过对李白的描绘，寄托了他对朋友的关切和对现实的不满，韵味悠长，令人深思。诗中的情感波动，从惋惜到感慨，从同情到不平，展现出杜甫对李白、对自己命运的深刻反思。这种情感的表达，使得这首诗成为千古传诵的经典之作。

明·敖英：少陵绝句，古意黯然，风格矫然，其用事奇崛朴健，亦与盛唐诸家不同。

明·王世贞：七言绝句，盛唐主气，气完而意不尽工。中晚主意，意工而气不甚完。然各有至者，未可以时代优劣也。

明·胡应麟：杜陵、太白，七言律绝，独步词场。然少陵律多险拗，太白绝间率露，大家故宜有此。若神韵干云，绝无烟火，深衷隐厚，妙协箫韶，李颀、王昌龄，故是千秋绝调。

清·仇兆鳌《杜诗详注》：此章乃截律诗首尾，盖上下皆用散体也。下截似对而非对："痛饮"对"狂歌"，"飞扬"对""跋扈"，此句中自对法也。"空度日"对"为谁雄"，此二句又互相对也。语平意侧，方见流动之致。

登兖州城楼

东郡趋庭日，南楼纵目初。
浮云连海岳，平野入青徐。
孤嶂秦碑在，荒城鲁殿余。
从来多古意，临眺独踟蹰。

在兖州探望父亲期间，我第一次登上城南楼眺望远方。

浮云在大海和泰山的上空连绵不绝，平坦的原野一直延伸到青州和徐州。

峄山依旧孤独高耸，秦始皇的石碑仍在，荒凉的曲阜还留着鲁灵光殿的遗迹。

我一向有怀古的情怀，这次登高远望时不禁生出无限感慨。

鉴赏

《登兖州城楼》是杜甫于唐玄宗开元二十四年（736年）创作的诗作，当时他正在东游齐赵，拜访在兖州任职的父亲杜闲。诗人首次登兖州城楼，抒发了对自然景观的壮丽感叹和对历史文化的深沉思考。陈贻焮认为这是杜甫到山东后写下的最早一首诗作。

诗的首联交代了登楼的缘由和时间背景。诗人提到自己因"趋庭"而来，即效仿《论语·季氏》中孔子的儿子过庭请教的故事，表明他此行是为了探亲，并借机登楼纵目远眺。"初"字表明这是他第一次登临此楼。

接下来的颔联是全诗的精彩之处。杜甫通过"浮云""平野"展示了一幅辽阔的景象：浮云与渤海、泰山相连，广袤的平野向东延伸至青州，向南进入徐州，呈现出一片苍茫之景。诗人巧妙地用"连""入"两个字从地理角度描绘了兖州与周边各地的连接与延展，表达了自然的宏伟和壮观。

颈联通过提及峄山上的秦始皇刻石和鲁共王的灵光殿，唤起了诗人的怀古之情。诗中借"在""余"两字，展示了历史长河中保存下来的秦碑和破败的鲁殿。在这些"孤嶂""荒城"中，它们承载历史变迁，引发人们对传统文化的深思。

尾联总结全诗，呼应前文的景象描绘，表答出诗人的怀古之意。"古意"一词承接了颈联的"秦碑"，而"多"字则说明怀古之情的深厚。这里既指出诗人自身对古代的浓厚情感，也说明了兖州因古迹众多而著称的历史背景。"临眺"与"纵目"相互呼应，"独"字则传达出杜甫不忍离去的独特感受。

这首诗是杜甫现存最早的五言律诗之一，与《望岳》有异曲同工之妙。尽管早期风格尚未成熟，但此作已初现他的艺术才华。诗的中段皆为写景，前景与后景之间的寓目与感怀构成对传统手法的突破。虽然题材属于游览，但诗人从地理和历史角度出发，表达了对自然壮观和历史胜迹的深刻思索。

在艺术表现上，诗中一、二、三联均运用工整的对仗手法，诸如"东郡""南楼""浮云""平野"等均为实写。尾联通过"临眺"引出思古之意，略带虚写意味，揭示出诗人对历史的深沉反思和独特感受。正如叶石林评论："诗人以一字为工"，这正是杜甫在诗歌创作中独具匠心的体现。

集评

元·赵汸《杜诗详注》：公祖审言《登襄阳城》诗云："旅客三秋至，层城四望开。楚山横地出，汉水接天回。冠盖非新里，章华只旧台。习池风景异，归路满尘埃。"公此诗实本于其祖。

明·桂天祥《批点唐诗正声》：三、四气象宏阔，俯仰千里；五、六凄婉，上下千年，良为慨叹。秦王好大喜功，鲁恭好宫室，言之以讽，可谓哀而不伤矣。公诗实出其祖审言《登襄阳城》，气魄相似。

清·黄生《杜工部诗说》：前半登楼之景，后半怀古之情，其驱使名胜古迹，能作第一种语。此与《岳阳楼》诗，并足凌轹千古。

房兵曹胡马诗

胡马大宛名，锋棱瘦骨成。

竹批双耳峻，风入四蹄轻。

所向无空阔，真堪托死生。

骁腾有如此，万里可横行。

译文

房兵曹的这一匹马是著名的大宛马，它那精瘦的筋骨像刀锋一样突出分明。

它的两耳如斜削的竹片一样尖锐，奔跑起来四蹄生风，疾速轻盈。

所向无阻，不怕路途遥远，真可将生死托付于它。

拥有如此奔腾快捷、堪托死生的良马，真可以横行万里之外，为国立功了。

鉴赏

《房兵曹胡马诗》是杜甫创作的一首咏物言志诗，作于唐玄宗开元二十八年（740 年）或二十九年（741 年）。彼时，杜甫正在齐赵一带漫游，过着"飞鹰走狗，裘马清狂"的生活。这首诗通过描写胡马的特点，寄托了诗人的志向与情怀。

诗的前四句对胡马的外形和动态进行了细致描绘。开篇首联直接交代了良马的产地——大宛，以及其独特的外形：瘦骨嶙峋，形如锋棱，勾勒出一匹神清骨峻的胡马形象。颔联进一步描绘马的关键部位，尤其是马耳，如刀削般锐利劲挺，勾画出骏马气宇轩昂的样子。诗人用"批"和"入"两个动词，生动地描绘出马在高速奔跑中的动态：耳朵直立，四蹄间风声呼啸。通过这些细节，诗人以大笔勾勒的方式，展现马的风骨，突出其骨相、耳朵和奔驰之态，抓住了马最具特色的部分。

后四句转而虚写马的品格，表达诗人的志向。颈联中，马自由驰骋于广阔天地，象征其超越险阻的能力和令人信赖的品质。这不仅是对马的描写，更是对人的隐喻。尾联总结全诗，先用"骁腾有如此"概括马的特性，最后一句"万里可横行"则表达出诗人对房兵曹的期望和自身的抱负。诗人通过对胡马的赞美，隐含着对盛唐时代的豪情和建功立业的渴望，这与杜甫晚年通过病马表现忧国之情的诗形成鲜明对比。

杜甫巧妙地将状物与抒情结合，赋予马以灵性，用人的精神将马写活。同时，通过马的品格表现人的志向，将人的情感形象化地表现出来。这首咏物诗不仅写出了物的内在特质，还超越物本身，借赞美胡马表达作者的胸襟和抱负。全诗在物与人的描绘中互为映衬，将杜甫的志向与情怀自然地融入其中，展现出其独特的艺术魅力。

集评

明·周珽《唐诗选脉会通评林》：赵云龙曰：以雄骏之语发雄骏之思，子昂《画马》恐不能如此之工到。

清·张揔《唐风怀》：赵子常曰：此诗词气落落，飞行万里之势，如在目中。区区模写体贴以为咏物者，何足语此。

清·黄生《杜诗说》："有如此"三字，挽得有力（"骁腾"句下）。期房立功万里之外。结处必见主人，此唐贤一定之法（末句下）。

画鹰

素练风霜起，苍鹰画作殊。

拟身思狡兔，侧目似愁胡。

绦镟光堪摘，轩楹势可呼。

何当击凡鸟，毛血洒平芜。

译文

　　洁白的画绢之上，突然升腾起风霜的气息，原来画中的苍鹰，凶猛得不同寻常。

　　竖起身躯，仿佛要去捕捉狡猾的兔子；侧目而视，目光深邃而锐利。

　　只要解开系住它的丝绳铁环，画中的鹰就会腾空飞起；只要轻轻呼唤一声，画鹰就会振翅而来。

　　何时让它去搏击普通的飞鸟，我们就会看到飞鸟血洒草原的壮观场面。

鉴赏

　　《画鹰》是杜甫创作于开元末期的题画诗。此诗通过描绘画鹰的威猛姿态和跃跃欲试的神情，抒发了诗人自负不凡、痛恨庸碌的壮志豪情。开头两句点题，含惊讶之意；中间四句正面描写画面上苍鹰的神态；最后两句承上收结，直把画鹰当成真鹰，寄托着诗人的思想。全诗笔触细腻传神，章法谨严，形象生动，寓意深远，是题画诗的杰作。

　　诗分为三层。首两句点出题目，采用了倒插法。一开篇，诗人用惊讶的语气描绘洁白画绢上腾起的风霜肃杀之气，接着点出这股气势源于画中矫健不凡的鹰。起笔吸引读者，杜甫善于运用这种手法，如在《姜楚公画角鹰歌》中先写"杀气森森到幽朔"，再描绘画鹰之神采。这种倒插法一开篇便刻画出画鹰的气势，具有很强的艺术感染力。

中间四句描写画面上苍鹰的神态，具体刻画画鹰的动态。颔联写苍鹰眼神如猢狲，耸身欲攫狡兔，生动再现其搏击前的状态，堪称传神之笔。杜甫用简练的文字将画鹰写活，宛如真鹰。颈联描绘系着金属圆轴的苍鹰，只需解下丝绳即可展翅飞翔。悬挂在轩楹上的画鹰神采飞扬，似乎呼之即出，去追逐狡兔。这两联中"思"与"似"、"摘（zhì）"与"呼"，都将画鹰刻画得传神入微。诗人用字精准，将画鹰描绘得栩栩如生，真假难辨。尽管如此，通过"堪"与"可"这些推论之词，可以看出仍是画鹰。

最后两句承上启下，将画鹰视作真鹰，寄托作者的思想。诗句中"何当"表达了期待之意，希冀画鹰能化为真鹰，搏击长空，除去凡鸟。"毛血"借用班固《西都赋》中"风毛雨血，洒野蔽天"的意象，而"凡鸟"喻指误国的庸人，表达了对庸碌之辈的鄙夷和锄恶之心。杜甫在《杨监又出画鹰十二扇》的结尾同样寄托了类似的感慨，表露出其嫉恶如仇、奋发向上的志向。

整体来看，这首诗结构严谨，起笔突兀，先勾勒出画鹰的气势，中间描绘其神态，最后寄托思想，揭示主题。杜甫通过这幅画中之鹰，表达了自己青年时期的雄心壮志和对庸碌之辈的蔑视。诗情与画意相辅相成，展现了诗人对理想的追求和对人生的感悟。通过对画鹰的赞美，诗人将自己的情感和理想寄托其中，表达了对生命的热爱和对人生意义的深刻理解。

集评

明·王嗣奭《杜臆》："画作殊"，语拙，然"绦旋"句亦见其画作之殊也。

清·浦起龙《读杜心解》：起作惊疑问答之势。"㧐（sǒng）身""侧目"此以真鹰拟画，又是贴身写。"堪擿""可呼"，此从画鹰见真，又是饰色写。结则竟以真鹰气概期之。乘风思奋之心，疾恶如仇之志，一齐揭出。

清·边连宝《杜律启蒙》：笔力矫健，有龙跳虎卧之势，其疾恶如仇、硉矹不平之气，都从十指间拂拂出矣。

夜宴左氏庄

风林纤月落，衣露净琴张。
暗水流花径，春星带草堂。
检书烧烛短，看剑引杯长。
诗罢闻吴咏，扁舟意不忘。

译文

风吹过树林，树叶沙沙作响，一弯纤细的新月沉落在西山。静谧的地方，弹琴时清露沾湿了衣裳。

黑暗中，山涧的水沿着花间小径流淌，泠泠的水声充盈耳际。春夜星光灿烂，夜空如透明的屏幕，映出草堂的剪影。

点燃蜡烛，翻阅书籍，共同欣赏奇文，解析疑难；看剑举杯，激发我满腔的壮志豪情。

写下新诗，忽然听到有人用吴地的方言吟诵，又勾起我几年前泛舟江南的回忆，心中久久不能平静。

杜甫的《夜宴左氏庄》创作于诗人早期游历齐、赵之地的时期，约在唐玄宗开元二十四年（736 年）之后。当时的杜甫正值青春年华，意气风发，充满了四处游历的热情和创作的灵感。这首诗可能是在某次夜宴上有感而发，诗中展现了杜甫对曾经游历过的吴越之地的怀念与向往。

诗的首联"林风纤月落，衣露净琴张"描绘了一个宁静雅致的夜景。"林风"是指微风拂动树林的声响，与"纤月"即新月相呼应，展现了夜晚的清幽。"衣露"则暗示了夜深露重，衣衫被露水打湿，引申为一种清新恬淡的氛围。"净琴"表现出琴声的悠扬清澈，仿佛可以洗净心灵。这里的"张"字形象地展现了琴声的舒展和夜宴的开始，传达出一种音乐与环境的和谐。

接下来的颔联"暗水流花径，春星带草堂"以自然景物为描写对象，意境幽静而富有生气。"暗水"指的是在夜色中流淌的小溪，通过"花径"说明其周围环境的清雅。杜甫在这里通过水声与花香的暗示，让人仿佛置身于夜色朦胧的山间。"春星带草堂"则是描绘星光洒落在草堂上的情景，一个"带"字精妙地传达了星空与庭宇的连接，展现出杜甫在夜晚沉浸于自然景观中的愉悦。

颈联"检书烧烛短，看剑引杯长"描绘了宴席的热烈场景。宾主或在灯下翻阅书籍、赋诗，其乐融融。杜甫以"检书"表现他对文雅生活的热爱，夜深时烛火将尽，书卷之乐溢于言表。"看剑"则展现了杜甫内心的豪情壮志，手握宝剑，举杯畅饮，宾主间气氛融洽，意气风发。杜甫素有"看剑"的喜好，这在他的多首诗中都有体现，反映了其性格中慷慨磊落的一面。

尾联"诗罢闻吴咏，扁舟意不忘"则将读者引向诗人的内心世界。在宴席上听到吴音吟诗，杜甫不禁回忆起自己曾经泛舟吴越的经历。吴越之地对于杜甫来说，是一片充满美好回忆的乐土，他在《壮游》中曾多次提及这些经历，表达了对那段时光的向往与怀念。此时此刻，千里之外的齐赵之地，杜甫再度聆听到吴音，勾起了他对那段岁月的不舍与想念。

全诗以自然景物的描绘为开端，逐渐过渡到对宴席场景的生动刻画，最后通过对往事的回忆，表达了杜甫内心深处的情感。这首诗不仅在意境上清新脱俗，更通过细腻的语言表达出诗人复杂的情感。杜甫在诗中巧妙地运用了"落、张、流、带"等动词，将画面感与情感融为一体，使诗句既具视觉效果，又富有情感深度。

整首诗在意境上既超然物外，又融入人间烟火，诗情画意交织，具有极高的艺术感染力。首联描绘的宁静夜景为全诗奠定了基调，而颔联对自然景象的细腻描绘则进一步铺展了诗的意境。颈联的场景转换则将诗人带入一个动态的宴会场所，表达了与友人共聚的欢乐。最后的尾联则以诗人的思绪为收束，含蓄地表达了对吴越岁月的深刻怀念。

杜甫通过这首诗将自己的生活场景、自然景色和内心情感巧妙结合，展现了他在青年时期对生活的热爱和对理想的追求。诗中充满了对自然美景的赞美，对文人雅集的向往，以及对美好回忆的珍视。这种深沉而自然的表达方式，使得《夜宴左氏庄》成为杜甫清丽诗篇中的典范之作，令人读来不禁沉醉于其和谐美妙的意境之中。杜甫以其独特的笔触，将诗的主题表现得淋漓尽致，将"夜宴"这一主题贯穿全篇，不仅使得诗意明确，还让读者感受到诗人内心的自由与向往。

集评

明·陆时雍《唐诗镜》：中联精卓，是大作手。

明·周珽《唐诗选脉会通评林》：赵汸曰：寄兴闲逸，状景纤悉，写景浓至，而开阖参错不见其冗，乃此诗妙处，又五、六句法，不因乎上。周珽曰：风流跌宕，玉媚花明，置之七宝台中，恐随风飞去。

清·黄生《唐诗摘钞》：四就无月时写景，语更精切。诗中写景则有风、露、星、月，叙事则有琴、剑、诗、书、酒，而不见堆塞，其运用之妙如此。

春日忆李白

白也诗无敌，飘然思不群。
清新庾开府，俊逸鲍参军。
渭北春天树，江东日暮云。
何时一尊酒，重与细论文。

译文

李白的诗作无人可比，他那卓越的才思也远远超出常人。

李白的诗既有庾信诗歌的清新气息，又具备鲍照作品的俊逸风格。

如今，我在渭北独自面对春天的树木，而你在江东遥望日暮的薄云，身处异地，只能彼此思念。

我们何时才能再次共桌畅饮，细细品评我们的诗作呢？

鉴赏

杜甫的《春日忆李白》创作于唐玄宗天宝五载（746 年）或

天宝六载（747年）春天。这时杜甫正居于长安，而李白已离开，二人因诗结缘，曾在洛阳相遇，并结下深厚友情。他们曾同游宋州，在单父（今山东单县南）的汶水边与高适相遇，之后又同游大梁。二人分别后，李白去了江东，而杜甫则奔赴长安。在长安期间，杜甫创作了多首怀念李白的诗作，《春日忆李白》便是其中之一。

诗作以对李白诗才的热情赞美开篇。杜甫在首句中称李白的诗作冠绝当代，可谓"诗无敌"。接着，他解释李白诗才卓绝的原因在于其思想情趣的卓异不凡，因而其诗作出尘拔俗，难有匹敌者。杜甫将李白的诗篇比作南北朝著名诗人庾信的清新与鲍照的俊逸，这种赞美不仅体现了杜甫对李白诗作的钦佩，也反映了二人诚挚的友谊。

诗的第三联，杜甫自然地从对李白诗作的赞美转到二人的离别情感。此联表面上是写二人各自在渭北和江东的景色。"渭北"指杜甫所在的长安，"江东"则是李白漫游的江浙一带。杜甫笔下的"春天树"和"日暮云"虽未加修饰，但通过巧妙的情景设置，表达出两地共思的离愁。当杜甫在渭北思念李白时，李白也在江东惦念着杜甫，彼此遥望，惟见天边的云彩与远处的树色，这些景物仿佛也浸透了他们的离情别绪。语言朴素，却含蕴丰富，可谓"淡中之工"。

诗的最后一联，杜甫以热切的期待作结："何时重聚畅谈，像过去那样把酒论文？"这样的尾声与诗的开头相呼应，表明最令杜甫难忘的便是与李白共饮论诗的时光。以"何时"诘问，表达了杜甫对早日重聚的强烈渴望，言尽意未绝，让人感受到他对友人的深切怀念。

整首诗的内容与结构，起于对李白诗作的赞美，结于对二人友谊的期待与怀念。由诗及人，再由人归于诗，自然转折，贯穿始终的是一个"忆"字。杜甫巧妙地以景寓情，将对李白的思念之情深厚地描绘出来，情韵悠长，感人至深。

集评

宋·杨万里：太白之诗，列子之御风也。少陵之诗，灵均之乘桂舟、驾玉车也。无待者，神于诗者欤。有待而未尝有待者，圣于诗者欤。

宋·徐仲车：太白之诗，饥鹰瞥汉。少陵之诗，骏马绝尘。

宋·严沧浪：少陵之诗法如孙吴，太白之诗法如李广。

月夜

今夜鄜州月，闺中只独看。

遥怜小儿女，未解忆长安。

香雾云鬟湿，清辉玉臂寒。

何时倚虚幌，双照泪痕干。

译文

今夜鄜州上空的那轮圆月，只有你在闺房中独自凝望。

身在他乡，怜爱年幼的孩子们，他们尚不懂你为何思念长安。

香雾氤氲，打湿了你的鬓发，清冷的月光让你的玉臂感到寒意。

何时才能在轻薄的帷帐下与你并肩而坐，让月光照耀下的我们擦干泪痕。

　　杜甫的《月夜》创作于天宝十五载（756 年），彼时正值安史之乱。春天，安禄山攻占潼关，杜甫携家从奉先迁至潼关以北的白水（今陕西白水县）。六月，长安陷落，叛军入白水，杜甫被迫带家人逃往鄜（fū）州的羌村。七月，听闻肃宗在灵武即位，他只身赶往灵武，却在途中被叛军俘获，押回长安。八月，他身处长安，思念家人，凝望明月，创作了这首诗。

　　诗中，杜甫借月表达离别之情，超越了一般的夫妇别离之感，字里行间充满了对时代的悲痛和心灵的伤感。全诗巧妙地将对月的惆怅与未来的期望融为一体。在第一、二联中，杜甫写道："今夜鄜州月，闺中只独看。遥怜小儿女，未解忆长安。"这里的"怜"与"忆"字尤其值得注意。杜甫特意强调"今夜"的"独看"，让人自然联想到过去与妻子"同看"时的情景以及对未来"同看"的期望。

　　过去与妻子在鄜州共"忆长安"的情境，虽辛酸但有彼此的慰藉。而如今，杜甫身陷敌营，妻子独自看月忆往昔，忧虑与惊恐交织。"忆"的含义深广，耐人寻味，尤其是当孩子们尚未懂得思念之时，杜甫作为父亲的念想更加深切。这种深情通过"遥怜"一词展现得淋漓尽致。

　　接下来的颈联通过想象妻子独自看月的情景，进一步表达了对长安的思念。雾气湿润了她的云鬟（huán）（古代盘在头顶的发髻），月色冰冷，她的玉臂微寒。杜甫想到妻子忧心难眠，不禁黯然神伤。两地各自对月而泪染衣襟，激发了杜甫渴望结束这种痛苦生活的愿望。结尾一句："何时倚虚幌，双照泪痕干？"表达了与妻子团聚的期盼，只有在"同看"之下，泪痕才会消失。

题为"月夜"，全诗从月色照映的角度展开，通过"独看"和"双照"形成诗眼。"独看"反映现实，杜甫从妻子的角度出发，描绘她在鄜州独自对月怀念长安，而他自己在长安遥望鄜州的思念之情也内涵其中。"双照"既包含了往昔的回忆，也寄托着未来的希望。诗中借助对方的境况生发出自己的情感，被后人视为章法严谨而不失感情真挚的典范。

整首诗在婉约的字句中，流露出杜甫对妻儿的思念和对国破家亡的无奈，虽受律诗形式的限制，却无丝毫拘束之感，情感自然流露，耐人寻味。杜甫的《月夜》不仅是一首表达个人情感的诗，更是一幅乱世中的家庭图景，深刻而感人。

集评

明·王嗣奭《杜臆》："云鬟""玉臂"，语丽而情更悲。

清·沈德潜《唐诗别裁》："只独看"正忆长安，儿女无知，未解忆长安者苦衷也。反复曲折，寻味不尽。五、六语丽情悲，非寻常秾艳。

清·吴瞻泰《杜诗提要》：沉郁顿挫，写尽闺中深情苦境。

春望

国破山河在，城春草木深。

感时花溅泪，恨别鸟惊心。

烽火连三月，家书抵万金。

白头搔更短，浑欲不胜簪。

国都沦陷，只剩下山河依旧，春天的城中长满了荒草。

忧心伤感，看到花开便流下泪水，离别家人，听到鸟鸣便使我心悸。

战火连绵不绝，已经持续了三个月，家人的书信珍贵得如同千金。

愁绪满怀，只能搔首以对，白发稀疏，以至于难以插上簪子。

杜甫的《春望》创作于唐肃宗至德二载（757年）三月，正值国难当头之际。前一年六月，安史之乱导致叛军攻入长安，进行了大肆掠夺和焚烧，繁华的都城变成了废墟。八月，杜甫在北赴灵武途中被俘，被押送至沦陷后的长安，至此已过半年。暮春时节，眼见满目疮痍，他触景伤怀，因而创作了这首千古传诵的五言律诗。

这首诗体现了杜甫深沉的爱国情怀和对家人的眷恋。开篇"国破山河在，城春草木深"即描绘了国都的破败景象：城池虽在，但繁华不再，草木丛生，满目凄凉。诗人通过"破"字和"深"字，表达了对人去物非的历史感慨，借景抒情，烘托出一片荒凉的氛围。"国破"与"城春"形成强烈对比，过去的长安春日繁华，如今只剩颓垣败瓦和荒芜草木。此景象引发了诗人强烈的黍离之悲（黍离：对国家衰败的悲哀）。

接下来的"感时花溅泪，恨别鸟惊心"，杜甫以花鸟之景表现内心忧愁。春花本应娇艳，春鸟本应欢快，但在他眼中，却因"感时""恨别"而充满了哀伤。这两句通过乐景写哀情，表达了诗人对国破家亡的深切痛苦和思乡之情。

"烽火连三月，家书抵万金"写战火连绵已久，至今没能得到家人的音讯。杜甫用"家书抵万金"来表达对家书的渴望，传达出因消息隔绝而产生的急切心情。战争让一封家信比黄金还珍贵，反映了人民对和平安定的渴望，引起读者强烈共鸣。

最后一句"白头搔更短，浑欲不胜簪"，杜甫感叹自己的愁苦与衰老。长时间的战乱和思念让他的头发稀疏到难以插簪。这一形象生动地表现了诗人因国忧家难而愁白了头，传达出深刻的忧国忧民之情。

整首诗情景交融，层次分明，以"望"字为中心，从远望国都之凄凉，到春花鸟鸣引发的伤感，继而表达对家人的思念和自身的衰老，情感递进，扣人心弦。诗人通过沉郁顿挫的风格，将对国家的热爱以及对和平的向往表现得淋漓尽致，深刻地反映了时代的痛苦与人们的共同心声，展现了杜甫忧国忧民的高尚情怀。

集评

明·王嗣奭《杜臆》：落句方思济世，而自伤其老。

明·钟惺、谭元春《唐诗归》：所谓愁思，看春不当春也。

清·赵星海《杜解传薪》：连三月，谓自禄山祸起，至今已连续两个三月，乃言祸之久。

曲江二首·其二

朝回日日典春衣，每日江头尽醉归。

酒债寻常行处有，人生七十古来稀。

穿花蛱蝶深深见，点水蜻蜓款款飞。

传语风光共流转，暂时相赏莫相违。

译文

上朝回来后，每天都去典当春天穿的衣服，用换来的钱到江边买酒喝，直到喝醉才回去。

到处都欠着酒钱，那不过是寻常小事，人活到七十岁，自古以来也是少有的。

只见蝴蝶在花丛深处穿梭，蜻蜓在水面轻盈飞舞，不时点一下水面。

请转告春光，让我和春光一同停留吧，虽然只是暂时相聚，但也不要辜负这时光啊！

鉴赏

杜甫的《曲江二首·其二》创作于唐肃宗乾元元年（758年）暮春，诗人在此期间担任左拾遗，但因安史之乱而心绪复杂。这首诗不仅描绘了曲江的美景，也蕴含了诗人对个人命运和社会变迁的深刻思考。

曲江，古名曲江池，位于长安城南，是唐代最大的风景名胜区，盛衰与大唐的命运紧密相连。杜甫在诗中将生活的艰辛与默默流淌的曲江相互映衬，通过江边闷饮，表达了对国家和社会的忧虑。

诗的前四句"朝回日日典春衣，每日江头尽醉归。酒债寻常行处有，人生七十古来稀。"以简练的语言勾勒出杜甫的窘迫与无奈。首句提到"典春衣"，让人感受到生活的窘迫，诗人甚至要典当春天的衣服来换取酒钱，显示出其生活的拮据。接下来的"每日江头尽醉归"，则揭示了他沉溺于酒中的原因：或许是对现实的不满与逃避。

"酒债寻常行处有"进一步表明，诗人无论走到哪里都在为酒债烦恼，借酒消愁的代价日益沉重。最后一句"人生七十古来稀"，则道出了生命的短暂与无常，感叹人生苦短，既然无法实现理想，就应把握当下，享受眼前的美好。这里隐含着对人生的深刻反思，杜甫用愤激的语气表达了对身世的无奈与对美好时光的珍惜。

接下来的两句"穿花蛱蝶深深见，点水蜻蜓款款飞"则描绘了曲江的春景。这两句以鲜活的意象展现了春日的美好，意象精致而生动。"穿"字使得蛱蝶的飞舞栩栩如生，而"点"字则给蜻蜓的轻盈增添了几分灵动。这种细腻的描绘不仅在于对小景的刻画，更在于以小见大，体现了春光的流转与生命的脆弱。

最后的"传语风光共流转，暂时相赏莫相违"，可以解读为对自然的呼唤，恳请春光与美丽的景物一同流转，让他在短暂的时光中尽情欣赏，哪怕只是片刻的欢愉也不愿错过。

整首诗因"仕不得志"而感慨万千，杜甫将个人的失意与美景的流逝相结合，融入对暮春的惜别与对美好生活的追求，情感深刻而细腻。他通过对曲江春景的描绘，不仅展现了自然的美丽，更表达了对人生短暂及时光流逝的深切感悟。诗中情感的真挚与景物的生动交织在一起，构成了一幅充满意境的画面，让人不禁感慨万千。

集评

宋·叶梦得：深深字若无穿字，款款字若无点字，亦无以见其精微。然读之浑然，全似未尝用力，所以不碍气格超胜。使晚唐人为之，便涉"鱼跃练川抛玉尺，莺穿丝柳织金梭"矣。

明·王嗣奭：初不满此诗，国方多事，身为谏官，岂人臣行乐之时，然读其沉醉聊自遣一语，恍然悟此二诗，盖忧愤而托之行乐者。公虽授一官，而志不得展，直浮名耳，何用以此绊身哉。不如典衣沽酒，日游醉乡，以送此有限之年。时已暮春，至六月遂出为华州掾，其诗云"移官岂至尊"，知此时已有谮之者。二诗乃忧谗畏讥之作也。

月夜忆舍弟

戍鼓断人行，边秋一雁声。
露从今夜白，月是故乡明。
有弟皆分散，无家问死生。
寄书长不达，况乃未休兵。

译文

戍楼上传来的更鼓声隔断了人们的往来，边塞的秋天，一只孤雁在哀鸣。

从今夜起正式进入了白露节气，月亮还是我故乡的那轮最亮最明。

我虽有兄弟，却都因战乱而分散，我无家可归，无法得知兄弟的情况。

我寄往洛阳城的家书常常无法送达，何况安史之乱的战火还未平息。

鉴赏

杜甫的《月夜忆舍弟》创作于唐肃宗乾元二年（759年）秋，

此时安史之乱已持续四年。杜甫在这一年七月因弃官而带着家人迁居至秦州（今甘肃天水），这座城市地处偏远，远离战火。然而，当年九月，史思明引兵南下，攻陷汴州，进一步加剧了战乱的局势。杜甫的几个弟弟当时散落在战乱地区，音信全无。杜甫着急万分，担忧不已，这首诗正是他在这种复杂情感中写出的真实记录。

整首诗开篇即是悲凉的边塞秋景，首联"戍鼓断人行，边秋一雁声。"描绘了荒凉的边境，戍楼的鼓声打破了寂静，行人稀少，孤雁在天际鸣叫。此处"断人行"直接反映出社会动荡，战事频繁导致了人们的流离失所，营造出一种凄凉的氛围，为后续的思念情感奠定了背景。

接下来，颔联"露从今夜白，月是故乡明"进一步深化了情感。诗人描述了白露时节的清晨，露水凝结，带来一丝寒意，而月光却让他想起故乡。尽管明月普照大地，杜甫却偏要强调故乡的月亮最为明亮。这虽然是心理的幻觉，却深刻表现出对故乡的深切怀念。通过这种主观感受，展示了杜甫内心的无奈与孤独。这两句运用巧妙的词序变化，使得思乡之情更为强烈而有力，体现了他卓越的艺术功力。

"有弟皆分散，无家问死生"是诗中情感的高潮部分。诗人以沉痛的笔触描绘了兄弟间的离散和家庭的破碎，生死未卜，令他倍感心碎。这两句不仅道出了杜甫个人的遭遇，也反映了普通民众在安史之乱中所遭受的普遍苦难。通过递进关系，诗人将内心的悲切与焦虑表达得淋漓尽致，令人动容。

尾联"寄书长不达，况乃未休兵"紧承前文，再次强调了对亲人的思念与焦虑。即使在平时，寄信往往也难以送达，更何况在此战乱不断的时期，生死未卜的消息更加难以捉摸。这两句既可理解为对现实的无奈与自我安慰，也可以看作是对亲人安全的深切担忧，展现了诗人对家人深厚的感情。这种多义性体现了杜甫语言的艺术魅力，含蓄而又富有深情。

全诗层次分明，首尾呼应，承转自然，结构严谨。通过对"未休兵"和"断人行"的对照，体现了战争带来的分离与痛苦；"望月"与"忆舍弟"相互呼应，深化了对故乡的思念；"无家"则加重了寄书不达的无奈，体现了诗人对亲人的牵挂与忧虑。杜甫在安史之乱中经历了颠沛流离、饱尝磨难，既怀念家乡，又忧虑国家，情感复杂而深邃。每一字每一句都透出他对家国的深切关怀与无尽感慨，成功地将思乡之情与对亲人的思念融合在一起，创造出一种既悲痛又感人的情境，使这首诗成为了不朽的经典之作。

集评

明·唐汝询《唐诗解》：夜鼓动而行人绝，此时闻孤雁之声，已念及其弟，又况露经秋而始白，月照故乡而明乎？因言弟各分散而无家，问其死生，以不知所在耳。平时寄书尤患不达。况战征未休，道路隔绝，安有音尘之望哉？

清·吴乔《围炉诗话》：《月夜忆舍弟》之悲苦，后四句一步深一步。

清·仇兆鳌《杜诗详注》：上四，月夜之景，下四，忆弟之情。"故乡"句，对月思家，乃上下关纽。

蜀相

丞相祠堂何处寻？锦官城外柏森森。

映阶碧草自春色，隔叶黄鹂空好音。

三顾频烦天下计，两朝开济老臣心。

出师未捷身先死，长使英雄泪满襟。

译文

要去哪里寻找诸葛丞相的祠堂呢？成都城外，翠绿的柏树长得郁郁葱葱。

碧绿的草映衬着石阶，自然呈现出一片春色，黄鹂在浓密的树叶间空有悦耳的歌声。

刘备三次拜访茅庐向您请教统一天下的策略，您忠心耿耿辅佐先主建立国家，扶持后主继承大业。

遗憾的是您出师征战，却病逝于军中，常令古今英雄感慨得泪湿衣襟。

鉴赏

杜甫的《蜀相》创作于唐肃宗上元元年（760年）春，时值杜甫结束了在秦州和同谷（今甘肃省成县）四年的流离生活，迁居至成都，定居于浣花溪畔。此时，安史之乱仍在继续。诗人因朋友的资助，得以在成都安定下来，并在探访诸葛武侯祠后，写下了这首七律，以寄托对诸葛亮的崇敬与怀念，表达了他对英雄豪杰的钦佩和自身无法报国的惋惜。

诗的首联以设问开篇，展现了诗人在参拜武侯祠时的急切心情。"丞相"指诸葛亮，"锦官城"则是成都的别称。"森森"形容祠中柏树苍劲挺拔，既写出武侯祠的静谧与肃穆，又暗示了诸葛亮的高洁与伟大。通过对景物的描绘，营造出一种对历史人物的敬仰之情。

接下来的颔联描绘了武侯祠内的景致。"碧草无人问，春光自呈现；黄鹂声好，空有人赏。"这两句展现了祠堂内的寂静与荒凉，诗人通过"无人问"和"空"字传达出一种冷清之感。理应是生机勃勃的春天，却因人们的遗忘而显得冷冷清清。这种景象不仅让人感到惋惜，更反映了诗人对诸葛亮被后人遗忘的不平，突显了他的仰慕之情。

四句中表面上在写景，实则情感贯穿其中，景中有情，情中有景，形成了深厚的情感基础。接下来的颈联则直接赞颂诸葛亮的才智。"三顾"典指刘备为求贤访诸葛亮三次登门，"天下计"则指他致力于恢复汉室、统一天下的宏图伟业。这一联以浓墨重彩表达了诗人对诸葛亮的崇敬，展现了他对英雄的钦佩，成为后人传颂的名句，彰显了诸葛亮的忠诚与才干。

最后的尾联以感叹收尾。"出师"指诸葛亮六出祁山伐魏的壮举，而"英雄"则泛指那些追怀诸葛亮的有志之士。"泪满襟"既表达了对诸葛亮英年早逝的哀悼，也流露出诗人对自己壮志未酬的悲哀。杜甫以此句总结了自己对诸葛亮及其精神的追思，进一步深化了情感的层次。

整首诗深沉而博大，意境苍凉。杜甫通过对诸葛亮的歌颂，寄托了自己对国家和英雄的敬仰，同时也在感叹中反映出自身的怀才不遇。他在借古人抒发自己忧国忧民之情，表达了对历史的思考与对未来的期望。这种情感的交织，使得《蜀相》不仅是一首咏怀历史人物的诗，更是对国家命运、个人理想的深刻反思，触动了无数后人的心灵。

杜甫的《蜀相》以其丰富的情感与深邃的历史感，成为了古典诗歌中的经典之作，彰显了诗人对伟大人物的崇敬和对理想的追求，深刻地反映了他作为一位诗人的责任与担当。

集评

清·李沂《唐诗援》：起语萧散悲凉，便堪下泪。

清·王文濡《历代诗评注读本》：悲壮雄劲，此为七律正宗。

清·仇兆鳌《杜诗详注》："天下计"，见匡时雄略，"老臣心"，见报国苦衷。有此二句之沉挚悲壮，结作痛心酸鼻语，方有精神。

卜居

浣花流水水西头，主人为卜林塘幽。

已知出郭少尘事，更有澄江销客愁。

无数蜻蜓齐上下，一双鸂鶒对沉浮。

东行万里堪乘兴，须向山阴上小舟。

译文

在浣花溪的上游溪畔，主人为我选择了一个有树林池塘且景色优美的地方建造草堂。

他们知道我想在城外少有尘世纷扰之地居住，这里还有清澈的江水，可以消解我旅途怀乡的愁绪。

我仿佛看到无数的蜻蜓在天地间飞舞，一对紫色的鸳鸯在溪水中出没。

如果兴致所至，这里可以东行万里，若需要前往山阴，顺水乘舟即可抵达。

鉴赏

　　杜甫的《卜居》创作于上元元年（760 年）的春天，当时他已在成都的西郭草堂定居。这一年，杜甫从同谷迁至成都，在经历过长时间的颠沛流离、忍受生活困苦，尤其是在安史之乱的动荡中，他与家人终于找到了一个相对安静的居所。受到亲友的帮助，诗人决定在草堂寺旁的空地上建造草堂，以此表达避世野居的乐趣与对新生活的向往。

　　首联通过描绘草堂的自然环境，揭示了杜甫选择此地营居的原因。"浣花溪"碧水蜿蜒，绕过草堂，暗示了这片土地的静谧与美丽。花草树木郁郁葱葱，生机盎然，营造出一种幽静的氛围。在这里，诗人希望避开尘世的烦扰，享受宁静的生活，这正契合他当时的心境。

　　接下来的颔联则从人的角度进一步阐释了"林塘幽"的意义。诗人强调草堂远离城市的喧嚣，这样的环境让他能远离俗世的烦扰。"澄澈的溪水"不仅是自然景观的写照，更象征着诗人心灵的洗涤，能够消除他内心的忧愁。这一层次的递进，进一步展现出杜甫对环境的选择与内心的渴望。

　　颈联则从物的角度描绘了这片幽静之地的生动景象。许多蜻蜓在水面上轻盈起舞，鸂鶒（xīchì）成双戏水。鸂鶒是一种水鸟名，形大于鸳鸯，而多紫色，好并游，俗称紫鸳鸯。诗人通过这些生动的意象，展现了自然的和谐美好。这里的动物自由自在，恰如诗人此刻的心境，因而让他忘却了以往漂泊的疲惫，感受到无拘无束的乐趣。幽静的环境中充满生气，诗人由此得以陶冶情操、修养性情。

　　尾联则揭示了诗人的内心愿望，他渴望乘船顺流而下，前往

145

下篇　近体诗

山阴，以此表达对理想生活的向往。这里的山阴指的是今浙江省绍兴市。杜甫提到"东行万里"是对王子猷的向往，王子猷曾在雪夜中驾舟寻访道家隐士戴安道，象征着诗人对隐居生活的憧憬。诗人在经历了人生的动荡与苦难后，向往着一种超脱现实的生活，或许他并非真要拜访某个朋友，而是渴望寻求一种精神上的寄托与安宁。

整首诗通过描绘草堂的自然环境，展现了杜甫对隐居生活的向往，表达了他对宁静生活的渴求。在饱受战乱之苦后，这样的隐居生活显得尤为珍贵。杜甫在诗中既有对美好生活的感慨，也有对现实生活的反思，体现了他浓厚的忧国忧民之情与对个人理想的追求。

《卜居》不仅是一首描绘自然景色的诗，更是杜甫心灵的写照。通过对草堂环境的细腻描绘，诗人将自己的感受与思考融入其中，形成了深刻的情感共鸣。这首诗让我们感受到，尽管身处乱世，杜甫依然通过诗歌表达对理想生活的渴望和对心灵平静的追求。诗的意境悠远，情感真挚，激励着后人对宁静生活的向往和对理想的坚定追求。

集评

明·王嗣奭《杜臆》：客游者以即次为快，故此诗篇翩跹潇洒，不但自适，亦且与物俱适。况溪水东行，一泻万里，直通吴越，可以乘兴而往，山阴易舟作子猷之访戴，岂非卜居之一快哉？

清·金圣叹《唱经堂第四才子书杜诗解》："已知""更有"，写出主人选地，先生即次一段情事，所谓暂脱樊笼，其一时饮啄之乐如此。

清·何焯《义门读书记》：草堂在西，却纵言东面澄江之可以销愁，则水西幽胜言外益见。如此诗法，使人何处捉摸！

清·仇兆鳌《杜诗详注》：公《壮游》诗云："鉴湖五月凉。"盖深羡山阴风景之美。今见浣溪幽胜，仿佛似之，故思乘兴东游，此快意语，非愁叹语。

为农

锦里烟尘外，江村八九家。

圆荷浮小叶，细麦落轻花。

卜宅从兹老，为农去国赊。

远惭勾漏令，不得问丹砂。

译文

当时战火四起，唯有成都未被波及，草堂位于城郊，附近仅有八九户人家居住。

水中的圆形荷叶刚刚长出细小的叶片，田里的小麦也开始开出轻盈的花朵。

能够住在这样美丽的江村，希望能在此终老，但退隐务农意味着远离长安，也就难以亲身报效国家。

我惭愧自己不能像晋代的葛洪那样，炼制丹砂，羽化成仙。

鉴赏

杜甫的《为农》创作于唐肃宗上元元年（760年）夏，他刚刚定居于成都草堂不久。此时，安史之乱尚未平息，战火连绵，而锦里江村则恰好远离烟尘，给了诗人一个避世的良机。因而，杜甫在此地写下了这首诗，表达了他对宁静田园生活的向往和对现实生活的思考。

首联简洁而意味深长，勾勒出杜甫卜居的环境。他描述自己临江而居，周围有八九户人家，营造出一种幽居僻野的感觉。这种僻静与人烟稀少，为他提供了田园生活的理想环境。

经过十余年的颠沛流离，诗人不仅在政治上屡遭挫折，身体也因岁月而日益衰弱。在这样的背景下，选择隐居于此正好契合他忘却世事、寻求内心宁静的愿望。虽然物质生活简朴，但他却因此得以疏放自处，享受这片静谧之地。

接下来的颔联，诗人通过细腻的景物描写，展现出他对自然的感悟与喜悦。由于远离战乱，诗人感受到内心的轻松与安宁。田园环境，充满乡野气息，暗含着无限生机。在新居周围徘徊，诗人悠然自得，眼中的自然变得温顺和谐。"荷浮小圆叶，麦落细轻花"，字句简练中透出诗人对自然的细致观察和深情厚意。"小"和"轻"的描写，传达出一种宁静和放松的心态，恰如他身处村野、远离官场的生活状态。

颈联则流露出诗人对未来的设想和对现实的反思。他因政治上的失意而被迫隐居，心中渴望在此终老。然而，想到"为农去国赊"，他又感到对国家的疏远和无力。这里的"赊"字，带有一种无奈与惋惜，表达了他对国家命运的忧虑和自身处境的无助。

尾联以典故收束，意涵深远。杜甫借葛洪（古代著名道士，因炼丹求长生而闻名）来表达自己对长生不老的向往。在"惭"字前加上"远"字，既指涉时间的久远，又包含空间的距离，诗人对葛洪时代的向往显得几分渺茫。生活条件的限制使得他无法追问"丹砂"（指炼丹术），这让他心知其意，留下的只有一丝遗憾。然而，杜甫并不因此而感到失落，反而在享受眼前的宁静与闲适中，达成了一种内心的满足。

整首《为农》在杜甫草堂的诗作中占据了重要地位，它描绘了诗人在经历过仕途的沧桑与尘世的羁绊后，渴望寻求自然、任情的生活境界。杜甫以质朴自然的语言再现了自己的生活和心理状态，使读者感受到一种温馨、平和与静谧。同时，通过赋的手法直抒胸臆，并巧妙化用典故，诗作的基调轻快而富有韵味，展现出杜甫在岁月的沉淀中所获得的独特人生智慧。

集评

明·王嗣奭《杜臆》：此喜避地得所作，而"烟尘外"三字为一诗之骨。

清·仇兆鳌《杜诗详注》：窃以为字字当活，活则字字自响。

狂夫

万里桥西一草堂，百花潭水即沧浪。

风含翠筱娟娟净，雨裛红蕖冉冉香。

厚禄故人书断绝，恒饥稚子色凄凉。

欲填沟壑惟疏放，自笑狂夫老更狂。

译文

万里桥西边就是我的破草房，没几个人来访，百花潭与我相伴，随遇而安，这就是沧浪。

和风轻轻拥着翠绿的竹子，秀美光洁，飘雨慢慢洗着粉红的荷花，阵阵清香。

做了大官的朋友早与我断了书信来往，长久饥饿的小儿子，小脸凄凉，让我愧疚而感伤。

我这老骨头快要扔进沟里了，无官无钱只剩个狂放，自己大笑啊，当年的狂夫老了却更狂！

鉴赏

唐肃宗上元元年（760 年）夏天，诗人杜甫在朋友的资助下，在四川成都郊外的浣花溪畔建造了一座草堂。在饱经战乱之苦后，生活暂时得到了安宁，妻子儿女同聚一处。他在这种背景下创作了《狂夫》一诗，表达了在乱世中得以喘息的复杂心情。

诗题为"狂夫"，看似写人，实则从环境入手。首联提及成都南门外的小石桥"万里桥"和美丽的"百花潭"，这是杜甫居住的地方。此时的杜甫有幸获得一个栖身之地，心情自在舒畅。首句中的"即沧浪"暗寓《楚辞·渔父》中的"沧浪之水清兮，可以濯我缨"，表达了诗人对简单生活的满足。"即"字体现了一种知足常乐的态度，表达对于生活现状的珍惜。通过"万里桥"和"百花潭"的景象描述，诗人将读者引入其生活环境。

颔联描述了小雨和微风中的自然景色，展现出诗人的细腻笔触。"风含翠筱（xiǎo）"，"筱"是竹子，形象地表现了微风轻拂竹叶的状态。"雨裛（yì）红蕖"，"裛"通"浥"，即润湿之意，描绘了雨后荷花的娇艳。这两句中的"净"与"香"字，通过互文的手法，将风中有雨、雨中有风的意境展现得淋漓尽致。叠词"娟娟"、"冉冉"，不仅增强了视觉的细腻感，还使诗句更具音乐美感。

然而，这样的美景与诗人现实的生活境遇形成对比。杜甫初到成都时，依靠故友严武的接济，而当友人不再资助时，他的家庭陷入了困境。颈联中的"厚禄故人书断绝"正写出这种境况，从而导致"恒饥稚子色凄凉"。这种"恒饥"的状态使得家庭生活的艰辛显而易见。

尽管生活困苦,杜甫表现出一种不屈的精神状态。即便面临"欲填沟壑"的困境,他仍然保持着"疏放"的态度,未被生活的艰难所击倒。杜甫用"自笑狂夫老更狂"一句道出了自己的自嘲与坚定。他在绝境中仍然欣赏自然风光、乐观豁达,反映出他对生命的热爱和对困境的无畏。

《狂夫》一诗在杜甫作品中独具特色,成功地将自然之美与现实的困境结合起来。诗中的"狂夫"形象,正是诗人自我精神的写照。没有对自然景色的细致描绘,就无从展现"狂夫"在贫困中不移的精神;没有对生活艰辛的深入刻画,诗中的"狂"也就失去意义。正是这种自然与现实的对立统一,使得该诗在艺术表现上达到了高度的成功。

集评

宋·罗大经《鹤林玉露》:风含雨浥一联,上句风中有雨,下句雨中有风,谓之互体。杨诚斋诗:"绿光风动麦,白碎日翻池。"风日互映,亦本于此。但杜本无心,杨则有意矣。

清·钱谦益《本传》:于成都浣花里,种竹植树,结庐枕江。《卜居》诗:"浣花流水水西头。"《狂夫》诗:"万里桥西一草堂,百花潭水即沧浪。"《堂成》云:"背郭堂成荫白茅。"《西郊》诗:"时出碧鸡坊,西郊向草堂。"《怀锦水居止》诗:"万里桥南宅,百花潭北庄。"然则草堂,背成都郭,在西郊碧鸡坊外,万里桥南,百花潭北,浣花水西,历历可考。陆放翁云:少陵有二草堂,一在万里桥西,一在浣花,皆见于诗中。放翁在蜀久,无容有误,然少陵在成都实无二草堂也。

堂成

背郭堂成荫白茅，缘江路熟俯青郊。

楷林碍日吟风叶，笼竹和烟滴露梢。

暂止飞乌将数子，频来语燕定新巢。

旁人错比扬雄宅，懒惰无心作《解嘲》。

译文

草堂用白茅搭建而成，背对着城郭，靠近锦江，坐落在沿江大道的高地上。从草堂可以俯瞰青翠的郊野美景。

草堂建在楷木林的深处，林木茂密，阳光难以穿透，仿佛被轻烟笼罩，连风吹动叶子和露水滴落的声音都能听见。

草堂的建成，使乌鸦带领小鸟前来聚集，也吸引了燕子来筑巢。

旁人误将我的草堂比作扬雄的草玄堂，但我却是个懒散之人，无意像扬雄那样撰写《解嘲》这样的文章。

鉴赏

杜甫的《堂成》创作于唐肃宗乾元二年（759 年）年底，他在成都百花潭北、万里桥边营建了一所草堂。经过两三个月的辛勤建设，到 760 年春末，草堂终于落成。这首诗正是诞生于此时，诗人以此抒发新居初定的喜悦和心中的感慨。关于这首诗的写作时间，有学者如浦起龙提出不同看法，认为其创作时间应推迟至 762 年春。然而，从诗中对环境的细腻描写和其情绪的表达来看，杜甫在草堂落成之际创作此诗更为贴切。

诗的开头两句勾勒出草堂的地理环境及周边自然景观。

"桤（qī）林碍日""笼竹和烟"，描绘了草堂隐秘于丛林之中，阳光难以直射，似有轻烟笼罩，营造出清幽的氛围。这种环境不仅为杜甫提供了避世的空间，也反映了他对自然生活的向往和珍视。

"吟风叶，滴露梢"，句中的"吟"与"滴"是声音的细微表现，显示出草堂的宁静。杜甫在此刻充分感受到了周围的自然之美，心情与环境融为一体，体现了他从游荡的生活中归来的欣喜。在这里，乌雀在树间飞舞，燕子筑巢，一切生灵都显得如此自在，仿佛与诗人的欢愉相互呼应。

接下来的四句则通过细腻的景物描写，展现了诗人历尽战乱后的新居生活和心情。"暂止飞乌将数子，频来乳燕定新巢"，这两句表达了诗人与自然的共鸣。诗人曾如那"绕树三匝，无枝可栖"的乌鹊，带着孩子们四处漂泊，如今终于在草堂安定下来。他不仅为自己和家人找到栖身之所，连禽鸟也各得其处，形成了一幅温馨和谐的画面。这种自然与人之间的关系，展现了杜甫对生活的深切感悟和对安宁生活的渴望。

尾联"旁人错比扬雄宅，懒惰无心作《解嘲》"，则从人和事的角度，回归到杜甫自身的思考。扬雄的宅子以其幽静著称，杜甫与扬雄的草堂有地理上的联系，但他的生活状态与扬雄截然不同。扬雄在草玄堂闭门著书，追求的是文化的成就，而杜甫在草堂的生活更像是逃避战乱的庇护所。这种对比不仅突显了他对安逸生活的珍惜，更流露出诗人对自身处境的深思。

对于"懒惰无心作《解嘲》"的表达，杜甫既承认了自己的生活并不如同扬雄那般理想化，且无心于发泄如《解嘲》那样的牢骚。他在这里以自谦的语气，传达出对于现实的无奈和对理想的追求。这种情感的复杂性体现了杜甫在乱世中的思索，既有对美好生活的向往，也有对当下境遇的隐忧。

集评

清·仇兆鳌《杜诗详注》：背郭成堂，缘江熟路，四字本相对，将"堂成""路熟"倒转，则上半句句变化矣。林碍目，叶吟风，竹和烟，露滴梢，六字本相对，将"风叶""露梢"倒转，则下半句法变化矣（"背郭堂成"四句下）。

清·爱新觉罗·弘历《唐宋诗醇》：语意宽闲，颔联托兴，风趣绝佳。

清·浦起龙《读杜心解》：五、六，著"暂止""频来"字，即景为比，意中尚有傍徨在。……言外有神。

进艇

南京久客耕南亩，北望伤神坐北窗。

昼引老妻乘小艇，晴看稚子浴清江。

俱飞蛱蝶元相逐，并蒂芙蓉本自双。

茗饮蔗浆携所有，瓷罂无谢玉为缸。

译文

长久居住在成都，躬耕南亩，高卧北窗，遥望长安，往日繁华不再只有满城荒芜，不禁黯然神伤。

白天领着妻子，驾着小小的船艇，在浣花溪上泛游，晴朗天空下，看孩子们在清澈的溪水里嬉戏。

成双成对的蝴蝶，上下翻飞，相互追逐，并蒂荷花像双栖的鸳鸯，相互依偎。

带着煮好的茶汤和榨好的甘蔗汁，放在艇上可以随取随饮，虽然是用瓷罐来装，但在我眼里一点也不比金樽玉缸差。

唐肃宗上元二年（761 年），杜甫创作了《进艇》。此时，他在成都结束了多年漂泊和战乱的生活，暂时找到了安定之所。经历了人生的起伏和战火的洗礼，杜甫在成都的生活相对安稳，并得到了好友高适和表弟王十五的帮助。这首诗便是在他安居成都草堂后创作的，表达了他对人生的思索与感触。

诗一开始，杜甫直抒胸臆，流露出一种悲怆的情感。他独自坐在草堂的北窗，极目北望，心中感慨万千。"南""北"二字的对映，表现了他对往昔的回忆与现实的对比。

接着，诗人描绘了在成都的闲适生活："昼引老妻乘小艇，晴看稚子浴清江"。这样的画面充满诗情画意，展现了宁静朴实的乡野之乐。杜甫与妻子杨氏共度风雨，多年相伴的情感在这一刻显得尤为珍贵。经过流离失所的苦难岁月，如今能携手共度平凡时光，杜甫心中涌动着幸福与感慨。

颈联"俱飞蛱（jiá）蝶元相逐，并蒂芙蓉本自双"，用"蛱蝶"和"并蒂芙蓉"象征夫妻间的永恒不离。"蛱蝶"指的是蝴蝶，常用来象征美好爱情；"并蒂芙蓉"指两朵花同生一枝，象征着紧密和谐的关系。

末联中，杜甫的思绪回到现实，注意到随行的小艇上带着的"茗饮"和"蔗浆"。"茗饮"指的是茶汤，"茗"在这里是茶的雅称；"蔗浆"是指甘蔗汁。这不仅是日常生活的描绘，更是杜甫的人生感悟。生活如同"茗饮"和"蔗浆"，既有苦涩，也有甘甜。经历过苦难后，现今的甜蜜显得格外珍贵。

此外，"瓷罂（yīng）无谢玉为缸"体现了杜甫人生观的转变。"罂"是指一种陶瓷容器，古代用来盛放液体。杜甫在这里将质朴的瓷罂与奢华的玉缸相提并论，表明他对简淡生活的认同和欣赏。

通过《进艇》，杜甫表达了对命运的感慨，也传达了对宁静生活的热爱，以及对人生意义的深刻理解。这首诗在自然景色与人生哲理中取得了完美的平衡。

集评

明·王嗣奭《杜臆》："荡胸"句，状襟怀之浩荡。"决眦"句，状眼界之空阔。公身在岳麓，而神游岳顶，所云"一览众山小"者，已冥搜而得之矣，非必再登绝顶也。杜句有上因下因之法，荡胸由于曾云之生，上二字因下。决眦而见归鸟入处，下三字因上。上因下者，倒句也。下因上者，顺句也。末即登泰山而小天下之意。

清·钱谦益《杜甫诗集》：决眦：《子虚赋》："中必决眦。"李奇注：射之巧妙，决于目眦。梦符曰：言登览之远，撼决其目力，入归鸟之群也。

江村

清江一曲抱村流，长夏江村事事幽。
自去自来堂上燕，相亲相近水中鸥。
老妻画纸为棋局，稚子敲针作钓钩。
多病所须唯药物，微躯此外更何求。

清澈的江水弯弯曲曲地绕村而流，在长长的夏日里，村中的一切都显得幽雅。

梁上的燕子自由自在地飞来飞去，水中的白鸥相亲相近，相伴相随。

老妻正在用纸画一张棋盘，小儿子敲打着针作一只鱼钩。

我老了，多病的身体需要的只是治病的良药，除此之外，我还有什么奢求呢？

鉴赏

唐肃宗上元元年（760年）夏，杜甫在四川成都郊外的浣花溪畔建了一间草堂，暂时安顿下来，享受了一段宁静安逸的生活。他在战乱中饱经磨难，如今妻子儿女在侧，重获天伦之乐，《江村》正是在这一时期创作的。

首联"清江一曲抱村流，长夏江村事事幽"开篇描绘出一个宁静幽美的村庄。曲折的江水环绕村庄，水色清澈，鱼儿在水中嬉戏，使得整个村子显得格外安宁与幽静。"清江"指的是成都的浣花溪，诗人用"清"字不仅赞美了溪水的清澈，也展现了其悠然流淌的可爱。"抱村流"采用了拟人手法，仿佛江水环抱住村庄，突显出诗题中"江村"的幽静氛围。这两句为全诗奠定了宁静安详的基调，表达了诗人历经磨难后对安宁生活的珍惜。

颔联"自去自来堂上燕，相亲相近水中鸥"描绘了自然界的生动情景。新建的草堂上，燕子自由飞翔，活泼如顽童；江面上，白鸥或前或后，自在游弋，仿佛一对相爱的情侣。这些景象让诗人感受到自然的和谐美好，也让他心生共鸣，感受到一种难得的闲适。

颈联"老妻画纸为棋局，稚子敲针作钓钩"则转向家庭生活。杜甫看到妻子在纸上画棋局，小儿子认真地敲针做鱼钩，这样的场景虽然普通，却对经历了战乱的诗人来说弥足珍贵，令他倍感温馨。这段描写捕捉了生活的细微之处，传达出一种朴素的亲情和生活的恬淡之美。

尾联"多病所须唯药物，微躯此外更何求。"诗人从眼前的安宁生活中发出感慨：生病了只需要药品，自己已经别无他求。这看似满足的话语，却隐含着生活的无奈与辛酸。作为"诗圣"的杜甫，对生活的要求仅限于健康，这种对比越平静，越让人心生酸楚。

从艺术角度看，《江村》运用了精巧的写作手法。诗中复字的使用如"事事"，不仅没有违反律诗的规范，反而增添了轻快流畅的感觉。全诗前后照应紧密，语言精炼，富有层次感。结句的转折，让本来闲适的诗意多了一层凄婉，使人感受到诗人内心深处的落寞与不安。杜甫通过这首诗，表达了对生活的深刻感悟，展现了他"沉郁"的诗风。

集评

宋·王介甫《悼鄞江隐士王致》诗云："老妻稻下收遗穗，稚子松间拾堕樵。"二语本此。杜能说出旅居闲适之情，王能说出高人隐逸之致，句同意异，各见工妙。

清·黄生：杜律不难于老健，而难于轻松。此诗见萧洒流逸之致。

清·申涵光：此诗起二语，尚是少陵本色，其余便似《千家诗》声口。选《千家诗》者，于茫茫杜集中，特简此首出来，亦是奇事。

恨别

洛城一别四千里，胡骑长驱五六年。
草木变衰行剑外，兵戈阻绝老江边。
思家步月清宵立，忆弟看云白日眠。
闻道河阳近乘胜，司徒急为破幽燕。

译文

我离开洛阳辗转漂泊了四千里之遥，安史叛军长驱直入已有五六年时间。

草木由青变黄我西行来到剑阁之外，烽火阻断归程只能渐老在锦江岸边。

思念家乡踏着月色伫立在清辉冷夜，惦记兄弟仰看行云因疲倦白昼即眠。

听说河阳近来已经攻克正乘胜追敌，李司徒应一鼓作气捣贼巢拿下幽燕。

鉴赏

《恨别》创作于唐肃宗上元元年（760 年）的金秋时节，杜甫于成都草堂挥毫而就。此时，距安史之乱爆发已历数载，战乱虽逐渐平息，但余波未了，家国之痛深植杜甫心田。他曾辗转多地，历经千辛万苦，最终在成都寻得一片暂时的安宁，然而心中那份对故土的眷恋与对亲人的思念却如影随形，难以割舍。

首联"洛城一别四千里，胡骑长驱五六年"，以"一别"二字为引，勾勒出一幅时空交错的悲情画卷。"四千里"之遥，是地理上的距离，更是心灵归途的漫长；"五六年"之乱，不仅是时间的流逝，更是国家与个人命运的沉浮。杜甫以此表达了对家乡的无尽思念和对战乱绵延的深切忧虑。

颔联"草木变衰行剑外，兵戈阻绝老江边"，借自然之景寓人之情。"草木变衰"不仅是季节的更迭，也暗喻了诗人内心的苍老与疲惫；"老江边"三字，更是将个人的漂泊与国家的动荡紧密相连，透露出一种无奈与悲凉。这里的"老"字，不仅指年龄的增长，更是指心灵的沧桑，是对生活艰辛与战乱不息的深刻感悟。

颈联"思家步月清宵立，忆弟看云白日眠"，通过细腻的生活场景描写，展现了诗人深沉的思乡之情。"步月清宵立"与"看云白日眠"，一静一动，一昼一夜，看似反常的生活习性，实则是对亲人无尽思念的真实写照。诗人以具体而生动的形象，传达了那份难以言表的孤独与忧伤，让读者在共鸣中感受到那份跨越时空的情感力量。

尾联"闻道河阳近乘胜，司徒急为破幽燕"，笔锋一转，由个人的哀愁转向对国家复兴的期盼。上元元年，唐军捷报频传，杜甫闻之，心中涌起无限希望。他渴望国家早日平定叛乱，自己也能重返故土，与家人团聚。这一联不仅展现了诗人开阔的胸怀和强烈的爱国之心，也为全诗增添了一抹亮色，使情感由悲凉沉郁转向欢快明亮。

《恨别》一诗，以简朴优美的语言，深邃的情感，将个人命运与国家兴衰紧密相连，展现了杜甫作为一位伟大诗人的历史责任感与人文关怀。全诗情感真挚，层次分明，既有对过去的沉痛反思，又有对未来的美好憧憬，是一首动人心魄的佳作。

集评

明·王嗣奭《杜臆》：宵立昼眠，起居舛戾，恨极故然。"司徒急为破幽燕"，则故乡可归，别可免矣。

清·钱良择《唐音审体》：望李临淮之直捣贼巢也。

清·何焯《义门读书记》："清宵立""白日眠"，兼写出老态来。……"近"字、"急"字并应"五六年"（"闻道河阳"二句下）。

客至

舍南舍北皆春水，但见群鸥日日来。
花径不曾缘客扫，蓬门今始为君开。
盘飧市远无兼味，樽酒家贫只旧醅。
肯与邻翁相对饮，隔篱呼取尽余杯。

译文

草堂的南北绿水缭绕、春意荡漾，只见鸥群日日结队飞来。

长满花草的庭院小路没有因为迎客而打扫，只是为了你的到来，我家草门首次打开。

离集市太远盘中没好菜肴，家境贫寒只有陈酒浊酒招待。

如肯与邻家老翁举杯一起对饮，那我就隔着篱笆将他唤来。

鉴赏

《客至》是杜甫于上元二年（公元761年）春在成都草堂所作。经过多年的漂泊，杜甫终于在成都西郊的浣花溪畔建起了草堂，暂时定居下来。此诗为客人来访时所作，体现了诗人好客的心情和纯朴的性格。诗中提到的"客"即崔明府，具体身份虽不详，但可能是杜甫的母姓亲戚。

首联"舍南舍北皆春水，但见群鸥日日来"，描绘了草堂周围的秀丽景色，绿水环绕、春意盎然，群鸥常伴左右，营造出一种宁静悠然的氛围。"皆"字传达了春江水涨的景象，暗示了水势的浩渺无垠。诗人通过这些描写，表达了在这幽静之地的孤寂心情，为后续的"客至"做了铺垫。

颔联"花径不曾缘客扫，蓬门今始为君开"，转向庭院，借与客人的对话语气，表现了诗人对客人的欢迎和欣喜。庭院小路长满花草，平日无人打扫，今日因客而开门迎接。"不曾"与"今始"相对，突显了崔明府造访的特别与珍贵，展现出两人深厚的交情。

颈联"盘飧市远无兼味，樽酒家贫只旧醅"，实写待客的情景。因居住偏远，买不到丰富的菜肴，只能用简单的饭菜和陈年浊酒款待，表达了主人的歉意和无奈。"飧（sūn）"是熟食，"醅（pēi）"为未滤的酒，虽平淡却饱含诚意。这一联通过对生活细节的描绘，生动展现了杜甫的好客之情和淳朴性格。

尾联"肯与邻翁相对饮，隔篱呼取尽馀杯"，描述了杜甫与客人及邻居共饮的场景。诗人隔着篱笆邀请邻居共饮以助兴，细节描绘出一幅温馨而热闹的生活画面，表现了乡村生活的淳朴和诗人对友情的珍视。

整首诗结构上兼顾空间与时间顺序，从外至内，由大到小，生动刻画了客至与待客的全过程。杜甫将生活中的门前景、家常话、身边情巧妙结合，营造出浓郁的生活气息，充满人情味。《客至》与杜甫其他待客诗作相较，别具特色，通过细致的描写，表达了诗人真挚、热情的待客之情，成为读者心中不朽的经典。

集评

清·黄生《唐诗摘钞》：经时无客过，日日有鸥来。语中虽见寂寞，意内愈形高旷。前半见空谷足音之喜，后半见贫家真率之趣。

清·浦起龙《读杜心解》：首联兴起，次联流水入题，三联使"至"字足意，至则须款也。末联就"客"字生情，客则须陪也。

春夜喜雨

好雨知时节，当春乃发生。
随风潜入夜，润物细无声。
野径云俱黑，江船火独明。
晓看红湿处，花重锦官城。

译文

好雨仿佛知晓时节的变化，正赶上春日万物萌发之时。
伴随着风在夜里悄然降临，润泽万物却细密无声。
田野小路被黑云笼罩，唯有江上的渔船灯火独自明亮。
清晨远望那沾着雨水的红花，繁花点缀了美丽的锦官城。

鉴赏

《春夜喜雨》是诗人杜甫于唐肃宗上元二年（761年）春天，在成都浣花溪畔草堂创作的一首著名的五言律诗。杜甫因陕西旱灾来到四川，定居成都已两年。他亲身体验农事活动，因此对春雨带来的滋润有着深刻体会和喜悦。

诗的首句"好雨知时节，当春乃发生"中的"好"字表达了对春雨的赞美。杜甫以拟人化的手法描述春雨，仿佛它能够"知时节"，在万物最需要的时候缓缓降临，催发生机。这里的"发生"不仅指雨水滋润万物，也暗含诗人对春雨到来的期盼和欣喜。

接下来的"随风潜入夜，润物细无声"，诗人通过听觉感受描绘出了雨的特征。春雨悄然随风潜入夜幕，细细滋润着大地，几乎听不见声音，展现了雨水无私奉献、不求回报的高尚品质。"潜"字极具拟人化色彩，蕴含着春雨悄然而至的温柔与细腻。

颈联"野径云俱黑，江船火独明"则是视觉的描绘。诗人走出草堂，看到田野小路与天空中云层同样黑暗，而江上的渔火却格外明亮。这种明暗对比不仅描绘了雨夜的景象，也反映了春雨的密集和夜色的浓厚。

尾联"晓看红湿处，花重锦官城"是诗人对未来景象的美好想象。他相信雨后的锦官城将是一片花团锦簇，花朵在雨水滋润下愈发鲜艳欲滴。这一想象进一步印证了春雨的"好"，不仅滋润大地，也孕育出满城春色。

整首诗虽然没有直接出现"喜"字，但通过对春雨的及时、悄然、滋润无声的描绘，处处流露出诗人对春雨的欣喜和赞美。这种细腻的情感表达，使读者仿佛置身于那个春夜，感受春雨的美好。

杜甫在《春夜喜雨》中展现了他卓越的观察力与感受力，通过细致的描绘和对细节的捕捉，赋予春雨以生命和情感。从诗中"潜""润""细""湿"等字眼中，我们可以强烈感受到诗人内心的欢喜与感动。

浦起龙曾评论："写雨切夜易，切春难。"杜甫在这首诗中不仅成功地描绘了春夜的雨景，也刻画了春雨的高尚品格。通过这首诗，杜甫表达了他对自然的热爱以及对春雨默默奉献精神的深深敬意。诗中的喜悦情感如春雨般细腻，润物无声，为读者带来了无限的美感享受。

明·王嗣奭《杜臆》："野径云俱黑"，知雨不遽止，盖缘"江船火明"，径临江上，从火光中见云之黑，皆写眼中实景，故妙。……束语"重"字妙，他人不能下。

清·黄生《唐诗摘钞》：雨细而不骤，才能润物，又不遽停，才见好雨。三、四紧着雨说，五、六略开一步，七、八再绾合，杜咏物诗多如此，后学之圆规方矩也。五、六写雨境妙矣，尤妙能见"喜"意，盖云黑则雨浓可知。六衬五，五衬三，三衬四，加倍写"润物细无声"五字，即是如倍写"喜"字，结语更有风味。

清·仇兆鳌《杜诗详注》：雨骤风狂，亦足损物。曰"潜"曰"细"，写得脉脉绵绵，于造化发生之机，最为密切（"随风"二句下）。

赠花卿

锦城丝管日纷纷，半入江风半入云。
此曲只应天上有，人间能得几回闻。

动听而悠扬的乐曲，整天回荡在锦城的上空，轻轻地在锦江的波光中荡漾，悠悠地升入白云之中。

这样的美妙音乐，仿佛只有神仙才能享受，世间的普通百姓，一辈子能听到几次呢？

鉴赏

《赠花卿》作于唐肃宗上元二年（761年），杜甫在成都草堂期间。此诗赠予花敬定，他因平叛有功，骄横放纵，甚至僭用天子音乐。杜甫通过此诗委婉地讽刺了这种行为。

首句"锦城丝管日纷纷"，描绘了成都城中乐声不断的繁华景象。"锦城"即成都，"丝管"指弦乐器与管乐器，"纷纷"常用于形容具体事物的多与乱，这里用于形容乐曲的繁多与和谐，运用了通感手法，将听觉的乐曲化为视觉的形象，表现音乐的轻盈与杂错。

次句"半入江风半入云"，继续描绘乐曲的悠扬动人。乐声似乎从花卿家的宴席中飘出，随风飞扬在锦江上，飘入云间。两个"半"字巧妙地表现了乐声的飘渺灵动，赋予全诗一种空灵的美感，使读者仿佛身临其境，感受那"行云流水"般的乐章。

第三句"此曲只应天上有"，将乐曲之美提升到天上的仙乐。杜甫慨叹如此动人的乐曲仿佛只存在于天界，这是对音乐极致美感的遐想与夸张，实际意含则指天子所在的皇宫，意味着此曲本不应于凡间奏响。

最后一句"人间能得几回闻"，表面上是对乐曲在人间难得一闻的感叹，但结合"天上"和"人间"的含义，则暗指花卿僭越奏乐是不合礼制的。既然音乐只应"天上"有，"人间"不该常闻，作者在此通过矛盾的表达含蓄地表达了对花卿行为的不满。

全诗以实写乐曲之美为表，寓含讽刺于言外，虽未明言指责，却通过双关语巧妙地表达了对礼制僭越的批评。杜甫的讽刺如同绵里藏针，既不怒张，又寓意深长，折射出他柔中有刚的立场。正如宋人张天觉所言，杜甫这首诗正是"讽刺则不可怒张"的典范，通过含蓄的语言和丰富的意蕴，把讽刺与警示的效果恰到好处地结合在一起。

《赠花卿》将乐曲之美和现实批判结合，以虚实相生的手法，不仅赞美了乐曲，更在无声中传达了对僭越礼制行为的深刻批判，展现了杜甫的文学才华和忧国忧民的情怀。

集评

明·焦竑：花卿恃功骄恣，杜公讥之，而含蓄不露，有风人言之无罪，闻者足戒之旨。公之绝句百馀首，此为之冠。

明·杨慎：花卿在蜀，颇用天子礼乐，子美作此讽之，而意在言外，最得诗人之旨。当时锦城妓女，独以此诗入歌，亦有见哉。

江畔独步寻花七绝句·其六

黄四娘家花满蹊，千朵万朵压枝低。
留连戏蝶时时舞，自在娇莺恰恰啼。

译文

黄四娘家的花开得繁茂，将小路都遮挡住了，繁多的花朵压弯了枝条，离地越来越低。

彩蝶在花间流连，不时飞舞，娇柔的黄莺自在地啼叫着，发出悦耳的声音。

鉴赏

《江畔独步寻花七绝句·其六》是杜甫于唐肃宗上元二年（761年）或唐代宗宝应元年（762年）春创作的一组诗之一。杜甫在经历了战乱漂泊之后，终于在四川成都西郊的浣花溪畔草堂定居，暂时得以安身，内心充满了对生活的热爱与满足。这组诗正是基于这样的背景写成，表达了诗人对自然美景的赞美与热爱。

诗中描绘了杜甫在黄四娘家赏花的情境，展现了草堂周围春意盎然的景象以及诗人的愉悦心情。首句"黄四娘家花满蹊"，开门见山地指出寻花的地点——黄四娘家的小路上。"花满蹊"中的"蹊（xī）"指小路，显示出这里花开正艳，生活气息浓厚，充满民歌风味。

接着"千朵万朵压枝低"，描绘了繁花似锦、压弯枝头的景象。"千朵万朵"是对"满"字的具体化，表现出花的繁茂。"压"与"低"二字生动形象，将花朵的重量和繁盛描绘得如在眼前。

第三句"留连戏蝶时时舞"，写道花间翩翩起舞的蝴蝶因恋花而留连忘返。这里的"时时"暗示了蝴蝶的舞动是持续不断的，营造出一片春意浓郁、生机勃勃的景象。

末句"自在娇莺恰恰啼"则将画面和谐地引向高潮。一只黄莺在树间自在地啼鸣，轻柔的"恰恰"声，给人一种无拘无束的愉悦感，也唤醒了沉浸在花丛中的诗人，形成了音与景的完美结合。

杜甫在此诗中通过细腻的笔触，描绘了春日花丛中的活泼景象。他运用生动的字词如"留连""自在"，让诗句仿佛流动起来，充满口语美。同时，他巧妙地利用双声词和叠字如"时时""恰恰"，增强了音韵的和谐美，传达了诗人对自然美景的陶醉之情。

此外，这首诗的结尾两句采用对偶结构，既工整又富有余韵，体现了杜甫独特的艺术风格。虽然这种结构在盛唐绝句中不常见，但杜甫通过对音韵的巧妙处理，让诗句显得既新颖又生动，极具感染力。

整体而言，《江畔独步寻花七绝句·其六》通过极富生活气息和自然美感的描绘，表达了杜甫在草堂定居后的满足与喜悦。诗中的每一处细节都充满了对生活的热爱，展示了人与自然的和谐之美，成为后人吟咏不绝的经典。

集评

清·仇兆鳌《杜诗详注》：此章见春水而喜。

清·杨伦《杜诗镜铨》：下二，言莫便独夸得意，吾亦不输与汝曹也。

客夜

客睡何曾着，秋天不肯明。
卷帘残月影，高枕远江声。
计拙无衣食，途穷仗友生。
老妻书数纸，应悉未归情。

译文

身在异乡，哪曾有过安稳的睡眠？漫长的秋夜，天总是不肯亮。

透过门帘的是残月的光影，耳边回荡的是远江的涛声。

生计艰难，弄得衣食无着，我只能依靠朋友的帮助。

妻子写了几封信，她应该明白我未能归家的辛酸。

鉴赏

宝应元年（762年）的秋天，杜甫为送严武回朝，亲自从成都一路护送至绵州（今四川省绵阳县）的奉济驿。然而，正当他准备返回成都时，得知成都少尹徐知诰作乱，于是杜甫被迫避往梓州（今四川省三台县）。此时，他的家人仍居住在成都草堂。这首诗正是在他流落梓州期间创作的。

诗的首联"客睡何曾着，秋天不肯明"以"何曾"与"不肯"两个关键词道出诗人彻夜未眠的状态。这种无奈与期待中饱含着诗人内心的焦虑与孤寂，正如金圣叹所评，杜甫在此形象地揭示了"睡不着还望睡着，天不明直望天明"的无奈心境。

颔联"入帘残月影，高枕远江声"紧承"客睡何曾着"，在表面描绘月影与江声的清幽秋夜景象的同时，实则反映了诗人无眠的愁绪。杜甫以景寓情，通过"残月影"与"远江声"，营造出一种孤寂与无奈的氛围。"高枕"一词为杜甫常用的写作手法，其中的"高"字虽是形容词，但被巧妙地用作动词，展现了杜甫细腻的文字功力。

颈联"计拙无衣食，途穷仗友生"直接表达了诗人的经济困境与孤立无援的处境。这两句是对首联"不肯明"原因的直接诉说，诗人以质朴的语言倾诉了贫困与无助。这时期，杜甫虽在梓州寻求支持，但得到的不过是些许宴请和微薄资助，孤独与绝望之情溢于言表。

尾联"老妻书数纸，应悉未归情"中，杜甫提到妻子的来信催促归家，更加重了他的思乡之情。他在信中流露出对妻子的歉意与无力回家的苦衷。尽管诗人未在结尾再着重描绘自己的困境，而是通过一封家书的提及，含蓄地揭示出他内心的酸楚。这种写法不仅让情感的表达更加深刻，也将全诗的情感推向了高潮。

《客夜》是一首极具感染力的作品，杜甫通过细腻的景物描写和深沉的情感表达，成功地传达了客居他乡的孤独与无奈。全诗结构严谨，首尾呼应，层次分明。杜甫在这首诗中展示了他高超的艺术技巧和对生活的深刻理解，尽管诗中没有直接提到"夜"，但字里行间都透着夜的寂静与愁苦，读来直入人心。

集评

唐·葛常之《韵语阳秋》：少陵《客夜》诗："客睡何曾著，秋天不肯明。"又《泛江》诗："山豁何时断，江平不肯流。"不肯二字，含蓄甚佳。与渊明所云"日月不肯迟，四时相催逼"同意。

清·金圣叹《杜诗解》："何曾"，"曾"字妙，若有人冤其曾著者；"不肯"，"肯"字妙，便似天有心与客作冤然。"残月"句妙于"入帘"字，看其渐渐移来；"远江"句妙于"高枕"字，写出忽忽听去。

闻官军收河南河北

剑外忽传收蓟北，初闻涕泪满衣裳。

却看妻子愁何在，漫卷诗书喜欲狂。

白日放歌须纵酒，青春作伴好还乡。

即从巴峡穿巫峡，便下襄阳向洛阳。

译文

剑门外忽传收复蓟北的消息，初闻此事惊喜得泪洒衣衫。

再看妻儿哪里还有愁云，胡乱地卷起诗书，高兴得发狂。

白天放声高歌还要痛饮美酒，明媚春光陪伴着我返回故乡。

心想即刻动身起从巴峡穿过巫峡，顺流而下穿过襄阳后直奔洛阳。

鉴赏

杜甫的《闻官军收河南河北》作于唐代宗广德元年（763年）春。此时，安史之乱已经结束，叛军首领史朝义兵败自缢，其他将领相继投降，绵延八年的战乱终于平息。杜甫在外漂泊多年，常怀故土之思，此时年已52岁的他，在听到官军收复蓟北的捷报后，心中欣喜若狂，遂写下这首充满喜悦的诗篇，被誉为其"生平第一快诗"。

首联"剑外忽传收蓟北，初闻涕泪满衣裳"描绘了杜甫在寄居地听闻捷报的激动心情。"剑外"指的是他当时的居住地，四川一带，而"蓟北"则是指敌军的老巢。一个"忽"字，生动地表现出消息传来的突然性和出乎意料。对此，杜甫毫不掩饰自己的激动，泪水流满衣襟，"满"字突显了他内心的复杂与震撼。

颔联"却看妻子愁何在，漫卷诗书喜欲狂"进一步描绘全家共享胜利的喜悦。"愁何在"表明多年的愁苦一扫而空，欢乐弥漫在家中。杜甫甚至无法平静地读书，将书卷胡乱收起，"喜欲狂"之情溢于言表。

颈联"白日放歌须纵酒，青春作伴好还乡"表达了杜甫的归乡之愿。在战乱平息的背景下，他渴望高歌畅饮，立刻重返故里。这种迫切的心情不仅反映了对和平的庆祝，也展现了对故乡的深切思念。

尾联"即从巴峡穿巫峡，便下襄阳向洛阳"描述了杜甫心目中回家的路径。"即""便"两个字突出了行动的急切与回乡路途的畅达。动态的描写生动地再现了他归心似箭的情状，表达了他的欢愉与期待。巴峡、巫峡、襄阳、洛阳的连用，虽点明路途遥远，却因喜悦显得故乡近在咫尺，反映出他归家的殷切之情。

整首诗不仅仅是对回家的书写，更是对国家统一的欢庆之情的表达。诗中充满了欢乐的氛围，从开篇到结尾皆以喜悦贯穿，情感真挚动人。全诗语言流畅自然，韵律和谐，读来如行云流水，令人倍感振奋，展现了杜甫在这一特殊历史时刻的复杂感情与艺术造诣。

集评

唐·王嗣奭《杜臆》：说喜者云喜跃，此诗无一字非喜，无一字不跃。其喜在"还乡"，而最妙在束语直写还乡之路，他人决不敢道。

清·黄周星《唐诗快》：写出意外惊喜之况，有如长比放流，骏马注坡，直是一往奔腾，不可收拾。

清·黄生《杜诗说》：杜诗强半言愁，其言喜者，惟《寄弟》数首，及此作而已。言愁者使人对之欲哭，言喜者使人对之欲笑。盖能以其性情，达之纸墨，而后人之性情，类为之感动故也。使舍此而徒讨论其格调，剽拟其字句，抑末矣。

征夫

十室几人在，千山空自多。

路衢唯见哭，城市不闻歌。

漂梗无安地，衔枚有荷戈。

官军未通蜀，吾道竟如何？

译文

你看看那十户人家还有几个人在？人迹罕至，无人问津，就算有千座山峰也只是徒然夸耀其数量。

大道上只看到哭泣的行人，城市中听不到欢乐的歌声。

那些征夫口中衔着枚，肩上扛着兵器，如同漂泊的浮萍四处奔波，不得安宁，非常辛苦。

到现在，那官军仍未能打通蜀道来增援，蜀地难保，我的前途该如何安顿呢？

鉴赏

杜甫的《征夫》创作于公元广德元年（763年）冬天。当时，安史之乱爆发后，边疆的精锐之兵被征调去对抗叛军，而剩下的驻守兵力薄弱，导致吐蕃趁机入侵，围攻松州。在这样的背景下，蜀地百姓苦于征兵劳役，而援军迟迟未至，杜甫心系国家，忧虑时局与百姓疾苦，遂写下此诗。

诗的首联"十室几人在，千山空自多。"用"几人在"和"空自多"两个短语，表达了战争带来的深重灾难。"几人在"反问式地指出战争中人口锐减的严酷现实，而"空自多"则强调山峦纵多，然人烟稀少，反衬出战争的无情与残酷。一少一多的对比，强烈地揭示了战乱频繁使百姓生计艰难的痛苦。

颔联"路衢（qú）唯见哭，城市不闻歌。"进一步描绘战乱带来的悲惨景象。"路衢"意为四通八达的道路，如今却只闻哭声，城市中也听不到欢声笑语。诗人通过对比，形象地表达了战乱对社会的摧残。人们的痛苦、无奈渗透在字里行间，杜甫以此表达对战乱的愤慨及忧国忧民的深情。

颈联"漂梗无安地，衔枚有荷戈。"中杜甫将自己比作漂浮在水中的断枝枯藤（漂梗），无处安身，正如那些被征召的士兵（征夫）一样，流离失所，痛苦不堪。"衔枚"是古代士兵在行军中用以禁声的措施，而"荷戈"指携带武器的征夫。杜甫感慨自己与征夫一样，如此漂泊无依，愤而抒怀。

尾联"官军未通蜀，吾道竟如何？"中诗人因官军未收复四川，心绪茫然无措，表达了对未来的极度忧虑。在国家尚未平定，战乱不止的情况下，个人的命运更显得渺茫无依，诗人倍感无路可走。

全诗前半部分沉重地描绘了战争的悲惨，后半部分通过征夫的生活写时局艰难，兼以抒情议论，杜甫以亲历之感深刻揭示了安史之乱给百姓带来的深重灾难，同时表达了对国家前途的深切忧虑。《征夫》以沉痛的笔调，真实而感人地刻画了一个动荡年代中人民的苦难与诗人自身的无奈，具有很强的历史与艺术价值。

集评

清·石闾居士《藏云山房杜律详解》：此诗通身显赫流转，开后人简易之门。

清·仇兆鳌《杜诗详注》：题曰征夫，伤征人之丧败也。上四哀阵亡者，下四叹援师不至。

登高

风急天高猿啸哀，渚清沙白鸟飞回。

无边落木萧萧下，不尽长江滚滚来。

万里悲秋常作客，百年多病独登台。

艰难苦恨繁霜鬓，潦倒新停浊酒杯。

译文

天高风急，猿猴的啼叫声凄切悲凉，水清沙白，小洲上群鸥上下翻飞。

无边无际的树林中叶子纷纷飘落，望不到头的长江滚滚奔腾而来。

离家万里，漂泊在外，面对秋色萧瑟感慨万千，年老多病的我独自登上高台。

经过了许多艰难困苦，怨恨白发已经长满了双鬓；失意的时候借酒消愁，却又因为身体不得不停止。

鉴赏

杜甫的《登高》创作于唐代宗大历二年（767年）的秋天，彼时他正在夔州。安史之乱虽已结束四年，但地方军阀之间的争斗依旧频繁。杜甫原本在好友严武的幕府中获得庇护，然而严武的去世使杜甫失去了依靠。他不得不离开经营多年的成都草堂，沿江南下。途中因病滞留云安数月，最终抵达夔州。凭借当地都督的照顾，他才能在此勉强度日，但生活依然窘迫，身体状况也很差。某日，杜甫独自登上夔州白帝城外的高台，面对秋日的景色，心中百感交集，创作了这首被誉为"七律之冠"的《登高》。

这首诗通过描绘秋江景色，倾诉了诗人长年漂泊、老病孤愁的复杂情感。首联"风急天高猿啸哀，渚清沙白鸟飞回"写登高所见。诗人以"风急"二字开篇，巧妙传神地勾勒出夔州的环境特征。夔州因猿多而闻名，峡口风大，秋日猎猎风声中，猿啸声声入耳。诗人自高台俯瞰江水，清澈的沙洲上鸟群迎风飞舞，一幅动静结合的画面跃然纸上。此联用词精练，对仗工整，不仅上下句对仗，句中亦有自对，声色并茂，节奏感十足。

　　颔联"无边落木萧萧下，不尽长江滚滚来"描绘夔州秋天的典型特征。诗人仰望漫天飞舞的落叶，俯视奔腾不息的江水，营造出一种无边无际、无穷无尽的意境。通过"无边""不尽"两个词，进一步加深"萧萧""滚滚"的视觉与听觉效果，传递出时光易逝、壮志难酬的感慨。此对联以沉郁的笔触表现出诗人对生命流逝的无奈和对理想未达的伤感。

　　到了颈联"万里悲秋常作客，百年多病独登台"，诗人点出"秋"字。此处"独登台"不仅描绘了诗人的孤独情境，更将眼前景和内心情紧密结合。"常作客"揭示了诗人漂泊无定的生活，"百年"则指代人生有限的沧桑。诗人在这幅苍凉的秋景中，感受到自己年老体衰、孤苦无依的处境，心生无限悲愁。这种久客孤独、悲秋苦病的情感与前两联的景色交融在一起，增添了诗句的深沉意境。

　　尾联"艰难苦恨繁霜鬓，潦倒新停浊酒杯"总结全诗，点出诗人的心境。杜甫经历了艰难困苦，国事家愁交织，使得白发增多，而因病无法饮酒，愁绪更无处排遣。诗人登高本欲赏景，然眼前景致却引发无限愁绪，收尾处的"软冷"将悲凉之意溢于言表。

　　全诗从写景到抒情，情景交融，结构严谨。首联工笔细描，次联写意渲染，三联横纵结合，四联总结升华。杜甫忧国伤时的高尚情操，跃然纸上。全诗对仗工整，字字精当，展现出杜甫高超的艺术技巧和深厚的情感内涵，堪称"旷世之作"。

集评

明·张綖《杜工部诗通》：少陵诗有二派。一派立论宏阔，如此篇"万里悲秋常作客，百年多病独登台"及"二仪清浊还高下，三伏炎蒸定有无"其流为宋诗，本朝庄定山诸公祖之。一派造语富丽，如"珠帘绣柱围黄鹄，锦缆牙樯起白鸥"及"鱼吹细浪摇歌扇，燕蹴飞花落舞筵"等作，其流为元诗，本朝杨孟诸公祖之。

明·凌宏宪《唐诗广选》：杨诚斋曰：全以"萧萧""滚滚"唤起精神，见得连绵，不是装凑赘语。刘会孟曰：三、四句自雄畅，结复郑重。

明·胡应麟《诗薮》：作诗大法，唯在格律精严，词调稳契，使句意高远，纵孜孜可剪，何害其工？骨体卑陋，虽一字莫移，何补其拙？如老杜"风急天高"乃唐七言律诗第一首。……"风急天高"一章五十六，如海底珊瑚，瘦劲难明，深沉莫测，而力量万钧。通首章法，句法，字法，前无昔人，后无来学。微说说者，是杜诗，非唐诗耳。然此诗自当为古今七律第一，不必为唐人七言律第一也。元人凭此诗云："一篇之内，句句皆奇，一句之内，字字皆奇。"亦有识者。

绝句二首·其一

迟日江山丽，春风花草香。
泥融飞燕子，沙暖睡鸳鸯。

春天的太阳照得江山多么明丽，大自然一片勃勃生机，和煦的春风带着花草的清香。

泥土变得松软而潮湿，燕子衔泥忙着筑巢，暖和的沙子上睡着成双成对的鸳鸯。

鉴赏

杜甫的《绝句二首·其一》创作于广德二年（764年）暮春，当时他定居于成都草堂。安史之乱平定后，好友严武再次镇守成都，杜甫也终于回到了熟悉的草堂，享受一段安宁的日子。在这片生机勃勃的土地上，他心情愉悦，情不自禁地创作了这首富有诗情画意的五言绝句。全诗仅二十字，语言平易，意境优美，描绘了一幅生机盎然的春景图。

首句"迟日江山丽"大处落笔，描绘出春日阳光和煦，山河秀美的宏大场景。"迟日"意指春天，此处借用了《诗经·豳（bīn）风·七月》中"春日迟迟"之意，指春日的阳光普照大地。"丽"字形象地描绘了江山在春光中的明媚与秀丽，展现了春回大地、万物复苏的明朗景象。这一大写意的描绘，奠定了全诗的明丽基调。

第二句"春风花草香"将清风、百花与春草的芬芳结合在一起，短短五字中把春天的气息传递得淋漓尽致。山水清秀，草木葱郁，清风拂面，令人如置身其中，流连于春光无限的美好之中。前两句由静态出发，通过"迟日""江山""春风""花草"构成了一幅美丽的春景图，从视觉和嗅觉上塑造了"丽"和"香"的感官体验。

第三句"泥融飞燕子"是动态的描绘，"泥融"扣住了"迟日"，因春日和煦，泥土变得松软，燕子便忙着衔泥筑巢。燕子的飞舞不仅是春天到来的标志，也是生命繁忙的象征。诗人以这一极富生活气息的画面，赋予了诗句充满生机的动态美。

末句"沙暖睡鸳鸯"则再次回到静态描写，"沙暖"呼应首句的"迟日"，因为阳光普照，沙滩才温暖，鸳鸯才成双成对地在沙上憩息，悠然自得。此静态景物与动感十足的燕子交相辉映，动静结合，相得益彰。

后两句一动一静，细腻的笔触令读者仿佛置身于这明丽的春光山河中，感受到春天的和谐美好。杜甫在春色描绘中抓住了自然景物的典型特征，语言平实流畅，画面生动，格调清新，展现了一幅明丽静美的画面。

诗中所蕴含的情感也耐人寻味。杜甫历经"奔波流离"后，终于在草堂定居，心情舒畅，对初春的勃勃生机充满了喜悦与珍惜，这首诗不仅是自然景色的描绘，更是诗人内心宁静与欣喜的写照。

集评

清·仇兆鳌《杜诗详注》：此章言春景可乐。摹写春景，极其工秀，而出语浑成，妙入化工矣。

明·王嗣奭《杜臆》：上二句两间（指天地间）莫非生意，下二句见万物莫不适性。岂不足以感发吾心之真乐乎？

别房太尉墓

他乡复行役，驻马别孤坟。

近泪无干土，低空有断云。

对棋陪谢傅，把剑觅徐君。

唯见林花落，莺啼送客闻。

我辗转漂泊，不断奔走于他乡异地，今日暂居阆州，来悼念你的孤坟。

泪水打湿了泥土，心情无比悲痛，精神恍惚，就像低空漂浮的断云。

当年与你对弈，我曾视你如晋朝的谢安，如今在你的墓前，犹如季札告别徐君。

不忍回首，眼前只见这林中花朵错落，离去时，听到黄莺的啼声凄凉难忍。

房太尉，即房琯，他在唐玄宗前往四川时被任命为宰相，为人正直。至德二载（757年），因得罪唐肃宗而被贬。当时杜甫毅然上疏劝谏，因此得罪了肃宗，几乎被判刑。房琯被罢相后，于宝应二年（763年）被任命为特进、刑部尚书，但在途中患病，最终在阆州去世，死后被追赠为太尉（详见《旧唐书·房琯传》）。两年后，杜甫经过阆州，特意前往探访故友的坟墓，并写下了这首诗。

首联直接点出悼念缘由。杜甫因公务匆匆路过阆州，仍不忘拜祭旧友。"孤坟"二字不仅描述了房琯晚年生活的坎坷，也反映出一种凄凉孤寂的氛围，侧面体现了杜甫对房琯的无限心疼，彰显了两人深厚的友谊。

颔联进一步描绘了对亡友的思念之情："无干土"意指杜甫的泪水湿润了坟前的土地。天上笼罩着低沉的云层，似乎也在为之哀悼。这种"低空""断云"的景象，仿佛使人感受到天地间弥漫的悲伤气息。杜甫的哭祭之情，与自然景象融为一体，渲染出一种沉重的哀悼氛围。

颈联用典故表达对故友的深情。杜甫巧妙地借用谢安与徐君的故事。谢安在淝水之战中从容应对敌军，以此比喻房琯昔日的镇定自若，尽管最终失败，却不失儒雅风度。杜甫自比延陵季札，将故友视作徐君，表明自己早已心许，表达对房琯的深切怀念和敬意。

尾联通过景物抒情，"花落""莺啼"营造出肃穆的氛围。纷纷落下的花瓣、送别的莺啼，与诗人的孤寂相得益彰。杜甫独对房琯的孤坟，意境显得更加凄凉，烘托出他内心的深深悲哀。这一景象不仅寄托了对故友的哀思，也夹杂对国事的感慨，流露出忧国忧民的情怀。

全诗通过自然景物烘托感情，语言简练而意义深远，既有雍容典雅之美，又饱含深情厚谊。杜甫通过细腻的笔触，将对故友的悼念、对国家的关切一并呈现，情感真挚，令人动容。

集评

清·钱谦益《杜甫诗集》：房太尉：琯以乾元元年贬邠州刺史，上元元年为汉州刺史，宝应三年拜刑部尚书，在路遇疾。广德元年八月，卒于阆州僧舍。《新书》载琯卒在宝应二年，与《旧书》异。按杜祭房公文，广德元年九月，而《酉阳杂俎》记琯舍阆州紫极宫，见治龟兹版，忆邢和璞言终身事，皆与《旧书》合，知《新书》误也。《国史补》：宰相自张曲江之后，称房太尉、李梁公为重德。又云：开元以后，不以姓而可称者：燕公、曲江、太尉、鲁公；不以名而可称者：宋开府、陆宣公、王右丞、房太尉。《困学纪闻》：司空图《房太尉》诗曰："物望倾心久，匈渠破胆频。"注谓禄山初见分镇诏书，抚膺叹曰："吾不得天下矣。"琯建议遣诸王为都统节度，而贺兰进明谗于肃宗。晋以琅琊立江左，宋以康王建中兴。以表圣之言观之，琯可谓善谋矣。

元·方回《瀛奎律髓》：第一句自十分好，他乡已为客矣，于客之中又复行役，则愈客愈远，此句中折旋法也。"近泪无干土"，尤佳，"泪"一作"哭"，可谓痛之至而哭之多矣。"对棋"、"把剑"一联，一指生前房公之待少陵为何如，一指身后少陵之所以感房公为何如，诗之不苟如此。

明·谢榛《四溟诗话》：诗中泪字若"沾衣""沾裳"，通用不为剽窃。多有出奇者，潘岳曰"涕泪应情倾"，子美曰"近泪无干土"。

明·高棅、汪宗尼《唐诗品汇》：刘曰：钟情苦语，着"低""近"二字，唯孟东野有之（"近泪"二句下）。好景，凄绝（末句下）。

清·吴乔《围炉诗话》：《别房太尉墓》云："他乡复行役，驻马别孤坟。"亦有三层苦境苦情。"近泪无干土，低空有断云"，上句意中事也，下句不知从何而来。在今思之，实有然者，当是意困境生耳。

绝句四首·其三

两个黄鹂鸣翠柳，一行白鹭上青天。
窗含西岭千秋雪，门泊东吴万里船。

译文

两只黄鹂在翠绿的柳枝间鸣叫，一行白鹭向湛蓝的高空里飞翔。

西岭雪山的景色仿佛嵌在窗里，往来东吴的航船就停泊在门旁。

鉴赏

唐肃宗宝应元年（762年），成都尹严武入朝，蜀地发生动乱，杜甫因此避居梓州（今四川三台）。次年，安史之乱得到平定。又过了一年，严武返回成都，再次镇守蜀地。杜甫得知好友的消息后，也回到了成都草堂。在这段时间，他心情格外愉快，面对充满生机的景象，情不自禁地提笔写下了一组即景小诗。明末学者王嗣奭在《杜臆》中评价这组诗时说：大概写于定居草堂之后，杜甫打算在此终老，并以这种方式自述心情和经历。

首句"两个黄鹂鸣翠柳"描绘了春光明媚的景象。成双成对的黄鹂在翠绿的柳枝上欢快地鸣叫，色彩明快，声音清脆，展现了一幅充满生机的春日图画。这里的"黄""翠"颜色相得益彰，"鸣"字则烘托出一种欢愉而自在的氛围，诗人借此传达出欣喜的心情。

次句"一行白鹭上青天"描绘了一行白鹭直冲云霄的壮丽景象。"白鹭"成行，象征自由与辽阔；而"白""青"的色彩搭配，则显得格外淡雅和谐。"上"字表现出白鹭的轻盈与奋发之态，仿佛预示着一种昂扬的力量，回应了诗人内心的兴奋与希望。

第三句"窗含西岭千秋雪"以拟人的手法描绘了杜甫草堂外的壮丽景色。"含"字恰如其分地表现出从窗内看到的西岭积雪，宛如画中景致，近在咫尺。西岭上的积雪历经千年不化，诗人通过这一景象寄托了对理想的执着追求与对现实的清醒认识。

末句"门泊东吴万里船"描写了东吴船只停泊在岸边的静谧景象。"泊"字以动态写静态，与前句的"含"相呼应。通过"万里"一词，展现出空间的辽阔与时间的悠远。诗人透过院门望去，远方的航船若隐若现，暗含着对故乡的思念与对友人的感激。

整首诗通过色彩、声音、动态与静态的结合，描绘出一幅生机勃勃的春日画卷。杜甫用黄鹂象征时机的到来，用白鹭表达被提拔的兴奋，以"千秋雪"传达对理想的执着追求，最后借"万里船"寄托对故乡的思念与感激之情。四句诗句句写景，动静结合，意境清新明丽，节奏明快，构成了一幅咫尺之间的壮阔山水画。

通过这首诗，杜甫将复杂的情感融入精妙的画面描绘中，给人以言有尽而意无穷的感受。诗的对仗工整，自然流畅，展现了杜甫高超的艺术技巧和丰富的情感内涵。这不仅是一幅春日的自然画卷，更是诗人心灵的映照，令人反复吟咏，回味无穷。

集评

宋·范季随《陵阳先生室中语》：杜少陵诗云："两个黄鹂鸣翠柳，一行白鹭上青天。"王维诗云："漠漠水田飞白鹭，阴阴夏木啭黄鹂。"极尽写物之工。

明·杨慎《升庵诗话》：绝句四句皆对，杜工部"两个黄鹂"一首是也，然不相连属，即是律中四句也。绝句者，一句一绝，起于《四时咏》："春水满四泽，夏云多奇峰。秋月扬明辉，冬岭秀孤松"是也。或以为陶渊明诗，非。杜诗"两个黄鹂鸣翠柳"实祖之。

明·胡应麟《诗薮》：杜之律，李之绝，皆天授神诣。然杜以律为绝，如"窗含西岭千秋雪，门泊东吴万里船"等句，本七言律壮语，而以为绝句，则断锦裂缯类也。李以绝为律，如"十月吴山晓，梅花落敬亭"等句，本五言绝妙境，而以为律诗，则骈拇枝指类也。

旅夜书怀

细草微风岸，危樯独夜舟。
星垂平野阔，月涌大江流。
名岂文章著，官应老病休。
飘飘何所似？天地一沙鸥。

译文

微风轻轻地吹拂着江岸畔的细草，深夜江边，泊着桅杆高耸的孤舟。

原野辽阔，天边的星星如垂地面，明月在水中滚涌，才见大江奔流。

我的名气，难道是因为文章著称？年老体弱，想必我为官也该罢休。

唉，我这飘泊江湖之人何以相比？活像是飘零天地间一只孤苦沙鸥。

鉴赏

杜甫的《旅夜书怀》创作于唐代宗永泰元年（765年）的秋

天。这一年初，杜甫辞去节度参谋职务，返回成都草堂。不久后，好友严武去世，杜甫在成都失去依靠，携家乘舟东下。在抵达忠州的这段旅途中，杜甫心情复杂，写下了这首诗。然而，诗的创作时间和地点尚存疑点。诗中"星垂平野阔"所描绘的景象与忠州的地貌不符，"细草"作为春天的意象，也与秋季不符。但抛开这些疑问，我们可以关注诗人写作此诗时的境遇。

当时的杜甫，流离失所，沿江而上，虽有成都尹严武和夔州都督柏茂琳的短暂照顾，却因为无法得到朝廷的任用，仕途无望，心中充满了对仕途坎坷和政治腐败的失望。正是在这样的背景下，杜甫写下了这首诗，倾诉"官应老病休"的愤懑之情。

首联细腻入微，描绘孤舟夜行的情景。微风轻拂岸边的细草，小船桅杆孤独地指向夜空，静静停靠在江岸。细草、微风、孤舟构成了一幅凄清的画面，暗含着诗人前途未卜的悲凉与凄苦。

颔联从更宏大的视角描绘夜间江中景象，"星垂"展现了大地的广阔与安静，"月涌"则衬托出江水奔涌的壮丽。字词精当，对仗工整，意境开阔，与首联的细腻形成鲜明对比。这不仅仅是在写夜空与江水，更是诗人内心孤寂愁绪的外化。此联历来为人传颂，成为名句。

颈联开始抒发内心的感慨。诗人反问：我的声名究竟是因为文章吗？接着自答：不过是年老多病，无法有所作为。诗人一心向往"致君尧舜上，再使风俗淳"的理想，但现实中的排挤与坎坷使得这一抱负难以实现，给他带来了深深的遗憾和不满。

尾联通过设问表达内心的孤寂：我到底像什么？诗人将自己比作一只漂泊无依的沙鸥，天地虽广阔，自己却四处飘零。这个比喻生动地传达了诗人孤独无依的境遇，以及对理想与政治抱负遥不可及的感叹。全诗前半部分写景，后半部分抒情，景中已融入诗人深沉的情感，景与情浑然一体，深刻反映了杜甫感伤、孤寂与无奈的悲苦，令人动容。

集评

清·黄生：太白诗"山随平野尽，江入大荒流"，句法与此略同。然彼止说得江山，此则野阔星垂，江流月涌，自是四事也。又曰：此诗与客亭作，工力悉敌，但意同语异耳。圣朝无弃物，老病已成翁，此不敢怨君，引分自安之语。"名岂文章著，官应老病休"，此无所归咎，抚躬自怪之语。

清·沈德潜：胸怀经济，故云：名岂以文章而著；官以论事罢，而云：老病应休。立言之妙如此。

阁夜

岁暮阴阳催短景，天涯霜雪霁寒宵。
五更鼓角声悲壮，三峡星河影动摇。
野哭几家闻战伐，夷歌数处起渔樵。
卧龙跃马终黄土，人事依依漫寂寥。

译文

时令到了寒冬，日子就越来越短；浪迹天涯，在这霜雪初散的寒宵。

五更时听到战鼓号角，起伏悲壮；山峡倒映着银河星辰，随波动摇。

野外几家哭声，传来战争的讯息；数处渔人樵夫，唱起夷族的歌谣。

诸葛亮和公孙述，一样终成黄土；人事变迁音书断绝，我寂寞无聊。

鉴赏

杜甫的《阁夜》作于唐代宗大历元年（766年）冬季，彼时他寓居于重庆奉节的夔州西阁，年已五十五岁。此时的蜀地正遭受军阀混战和吐蕃侵袭，杜甫的好友郑虔、苏源明、李白、严武、高适等人相继去世，令他倍感孤寂。夔州地处山川险峻之地，古迹众多，冬夜里，杜甫于阁中遥望，抚今追昔，写下此诗。

诗题"阁夜"点明地点和时间，展现出诗人感时伤乱、思乡忆旧的复杂心境。首联"岁暮阴阳催短景，天涯霜雪霁寒宵"，开篇即将夔州冬夜的萧森景象铺陈开来。"岁暮"指冬季，"阴阳"特指日月，"短景"描述冬日之短促。一个"催"字传达出岁月流逝的紧迫感，而"天涯"则双关着夔州的偏远和诗人孤独的心境。此处写昼夜交替，由暮及夜，营造出全篇的萧索气氛。

颔联"鼓角声悲壮，星河影动摇"则描绘出五更时的景象。"鼓角"指军中报时的鼓声和号角声，它们在宁静的夜空中显得格外响亮悲壮，似乎诉说着夔州的不安定。此时雨后天空澄澈，银河显得格外清晰，星光映照在江水中随波摇曳。这一联通过"声"和"色"的对比，表达了诗人对时局忧虑的同时，也展示了三峡夜景的壮美。

颈联更进一步，写出了夔州夜里的悲凉人事。"野哭几家闻战伐，夷歌数处起渔樵"，"野哭"描绘出战乱频仍下的凄惨景象，千家悲声连绵不绝；而"夷歌"则是少数民族的歌谣，夔州为多民族杂居之地，"数处"显示出歌声的多方传来。这两种声音在杜甫耳中更加刺耳，令他倍感悲伤。

尾联"卧龙跃马终黄土，人事依依漫寂寥"抒发了诗人的慨叹。卧龙即诸葛亮，跃马化用左思《蜀都赋》意指公孙述，两位曾经的雄杰如今皆成黄土。"人事依依"诉说着人与事的寂寞无声，诗人想到这些历史人物，无论贤愚终究同归于尽，眼下的孤独何足挂齿。这表面上的自我安慰，实则透露出杜甫心中的忧愤与复杂情感。

这首诗被誉为杜律中的经典之作，围绕题目"阁夜"，从多重角度抒发感受：从雪霁寒宵至五更晨曦，从星河江流至战乱人事，从现实忧虑到历史兴废，气象宏大，仿佛将宇宙之景纳于笔端。诗中表达了诗人对国家、人民、时代的深切关怀，蕴含着深刻的历史思考和身世感慨。杜甫以其精深的立意和广阔的时空感，使这首诗充满了深度与广度。

集评

明·卢世㴶：杜诗如《登楼》《阁夜》《黄草》《白帝》《九日》二首，一题不止为一事，一诗不止了一题，意中言外，怆然有无穷之思。当与《诸将》《古迹》《秋兴》诸章，相为表里。读者宜知其关系至重也。

明·胡应麟：老杜七言律，全篇可法者，《紫宸退朝》《九日登高》《送韩十四》《香积寺》《玉台观》《登楼》《阁夜》《蓝田崔庄》《秋兴八篇》，气象雄盖宇宙，法律细入毫芒，自是千秋鼻祖。异时微之、昌黎，并极推尊，而莫能追步。宋人一概弃置，惟元虞伯生、杨仲弘得少分，至近日诸公，始明此义。

武侯庙

遗庙丹青落，空山草木长。

犹闻辞后主，不复卧南阳。

译文

武侯庙中的壁画已经脱落，整座山空旷寂静，只有草木徒长。

站在这里好似还能听到诸葛亮辞别后主的声音，只是他病死军中，再也无法回到故地南阳了。

鉴赏

杜甫的《武侯庙》创作于唐代宗大历元年（766 年），那时杜甫已年过半百，离开成都，举家东迁至夔州（今重庆奉节县）。在夔州西郊，他拜访了武侯庙，看到庙宇的破败荒凉，触景生情，于是创作了这首脍炙人口的五绝诗。

首句"遗庙丹青落"描绘了庙内的景象。"遗庙"意指历史遗留下来的庙宇，蕴含着对逝去岁月的感慨。"丹青落"三字生动地表现出庙宇的古老与衰败，暗示诸葛亮的功业也随时间流逝而不再辉煌，"遗"字和"落"字都透出一股悲凉之感，让人想到祭拜者的稀少和诗人的失落。

次句"空山草木长"则描写庙外的景色。"空山"不仅指庙宇静谧的环境，也意味着昔日的三国纷争与武侯的雄心壮志俱已成空。"长"字写出了草木的繁茂，对比庙宇的荒凉。通过"落"与"长"的对比，诗人渲染出一种历史兴衰的强烈对比，营造出萧条与沉寂的氛围。

第三句"犹闻辞后主"表达了诗人对诸葛亮的深切怀念。"犹闻"让人仿佛能感受到诸葛亮的精神依旧鲜活，音容宛在。诸葛亮在北伐时曾两次上《出师表》，是"鞠躬尽瘁，死而后已"的化身，但终未能实现统一大业，留下千古遗恨。

末句"不复卧南阳"承接上文，概括了诸葛亮一生的功业与心路历程。"不复"透露出诸葛亮当年为国献身、义无反顾的决心。"卧南阳"指他本可在南阳隐居，但他选择出山辅佐刘备与刘禅，直至去世，终未能功成身退。这两句不仅表达了对诸葛亮的赞叹和惋惜，也隐含了诗人自身怀才不遇的愁绪。

全诗言简意赅，以虚实结合的手法，情景交融，虽看似平淡，却在字里行间流露出对诸葛亮的无限痛惜与景仰，以及诗人自己的抑郁与感慨。杜甫通过对武侯庙景象的描绘，寄托了自己内心的复杂情感，令人感慨万千。

集评

明·桂天祥《批点唐诗正声》：格韵高雅"犹闻辞后主"句，武侯多少忠贞，尽在衷怀。

明·王嗣奭《杜臆》："辞后主"，谓《出师》二表，至今神采如生，岂真作南阳卧龙哉。……昔人诗："当时诸葛成何事，只合终身作卧龙。"小儒乱道。

清·卢元昌《杜诗阐》：瞻仰武侯，犹闻其辞后主而出师，自言鞠躬尽瘁，死而后已。回首南阳，草庐尚在，不复更向南阳而高卧，其始终为汉何如也。

八阵图

功盖三分国，名成八阵图。

江流石不转，遗恨失吞吴。

译文

三国鼎立你建立了盖世功绩，创八阵图你成就了永久声名。

任凭江流冲击，石头却依然如故，千年遗恨，在于刘备失策想吞吴。

鉴赏

杜甫在唐代宗大历元年（766 年）夏季迁居夔州（今重庆奉节），这里有诸葛亮当年布下的"八阵图"遗迹。杜甫素来敬仰诸葛亮，这次在夔州，他用诗歌抒发对诸葛亮的敬仰和对历史遗迹的感慨，《八阵图》便是其中一首。

诗歌开篇"功盖三分国，名成八阵图"，高度赞颂诸葛亮的卓越功绩。第一句指出了诸葛亮在确立魏、蜀、吴三分天下的局势中所立下的功劳，客观地反映了三国历史的真实。诸葛亮作为刘备的得力助手，从无到有地建立了蜀汉政权，是三国鼎立的重要推动者。第二句则具体赞美了"八阵图"的创制，认为这一军事成就使诸葛亮的声名更加显赫。这样的评价在古代屡见不鲜，如成都武侯祠碑文就称"布阵有图诚妙略"。杜甫用精炼的对仗句，以全局性功绩对比具体的军事成就，既自然妥帖，又为后文铺垫情感做了准备。

接下来的"江流石不转，遗恨失吞吴"两句就遗址本身抒发感慨。"八阵图"遗址在夔州江边，由细石堆成，排列为六十四堆，纵然经年累月受江水冲刷，依然保持原状。杜甫用"石不转"生动描绘了这一神奇特征，化用《诗经·邶风·柏舟》中的句子，暗示诸葛亮坚定不移的忠诚和对蜀汉统一大业的执着。

然而，这不变的"石"也象征着诸葛亮未竟的遗憾。最后一句"遗恨失吞吴"道出了刘备错误决策导致的策略破裂，破坏了诸葛亮联吴抗曹的计划，令统一大业终成遗恨。这既是对历史的惋惜，也是杜甫自身感慨的寄托，他以诸葛亮的未竟之志映射自己的"垂暮无成"，情感深沉。

这首怀古诗将议论融于诗中，语言生动形象，抒情浓郁。杜甫通过对诸葛亮的赞颂和对八阵图遗址的描绘，把怀古与自我感怀融合在一起，以此绵绵不尽的情感表达出对历史的深刻思考和自身的感慨。

集评

清·爱新觉罗·弘历《唐宋诗醇》：遂使诸葛精神，炳然千古，读之殷殷有金石声。

清·李瑛《诗法易简录》：前题《武侯庙》，故写出武侯全部精神，此题《八阵图》，故只就阵图一节写其遗恨，作诗切题之法有如是。

解闷十二首·其十

忆过泸戎摘荔枝，青峰隐映石逶迤。
京中旧见无颜色，红颗酸甜只自知。

回想起自己经过泸州（今泸县）、戎州（今宜宾）时，与友人一起品尝鲜荔枝，那隐约的青峰与连绵的山石景色是多么优美。

过去在长安见到的荔枝，颜色早已改变，至于味道如何，红艳的荔枝，只有品尝的人自己知道罢了。

鉴赏

杜甫在公元 766 年携家人离开成都草堂，流寓至夔州。此时安史之乱虽已结束，但国家仍不稳定，杜甫陷于进退两难的境地，心情苦闷。为排解愁绪，他写下十二首《解闷》组诗，反映社会、民情、国家及个人的多重忧虑。其中第十首描绘了杜甫对荔枝的回忆与感慨。

诗的开头"忆过泸戎摘荔枝"中，"忆"字点明回忆的主题，"泸戎"指代泸州（今泸县）和戎州（今宜宾），展现出诗人对那里的新鲜荔枝的怀念。"摘"字强调了荔枝的鲜美可口，引发对往日美好的追思。

接下来，"青峰隐映石逶迤"描绘了泸州的秀丽风景。青葱山峰与绵延山石相互映衬，营造出荔枝生长环境的优美，从侧面突显出荔枝的美味，也表达了诗人对其的喜爱。这一自然美景为下文的情感回忆奠定了基础。

"京中旧见无颜色"中，诗人回忆京城的荔枝"无颜色"，意指经过长途跋涉送至京城的荔枝已失去色香味。这不仅揭示出荔枝进贡的弊端，也暗讽了宫廷权贵的奢靡，表达了诗人对劳民伤财的不满。杜甫在《宴戎州杨使君东楼》中提到，"重碧拈春酒，轻红擘荔枝"，描绘他在宜宾的快意生活，而此时对比之下，更显无奈与失望。

"红颗酸甜只自知"一句，将荔枝的酸甜与诗人复杂的心情相结合。荔枝的味道象征着杜甫半生漂泊、无人赏识的酸楚与无奈。"只自知"三个字，透出一种心酸与孤独，无法向人言说。

整首诗通过对泸戎荔枝的视觉和味觉描绘，巧妙地传达了杜甫内心的感慨。诗人借荔枝讽刺权贵，感叹国事与自身处境，展现了忧国忧民的情怀以及无人赏识的孤独痛苦。全诗精练工整，情景交融，通过巧妙的对比与寄情于物，抒发了杜甫深沉的愁闷。

集评

明·王嗣奭《杜臆》：非诗能解闷，谓当闷时，随意所至，吟为短章，以自消遣耳。今涪州有荔枝园，相传贵妃所云"一骑红尘"者出此。今读公诗，乃知出泸、戎者是。公年与相及，必不妄。然已"无颜色"，涪去京更远，能神输鬼运乎？

又呈吴郎

堂前扑枣任西邻，无食无儿一妇人。
不为困穷宁有此，只缘恐惧转须亲。
即防远客虽多事，使插疏篱却甚真。
已诉征求贫到骨，正思戎马泪盈巾。

译文

来堂前打枣我从不阻拦，任凭西边的邻居打，因为她是一位无食无儿的老妇人。

　　若不是因为穷困，她怎会做这样的事？正因她心存恐惧反而更该和她亲近，和善地对她。

　　见你来就防着你，虽然是多此一举，但你一来就插上篱笆就像是真的提防她。

　　她说官府征租逼税太厉害了，自己已经一贫如洗，想起时局兵荒马乱，不禁涕泪满巾。

[鉴赏]

　　杜甫在唐代宗大历二年（767）漂泊至四川夔州，居住在瀼西的草堂。草堂前有几棵枣树，邻居是一位无依无靠的寡妇，常来打枣，杜甫并不干涉。后来，杜甫将草堂让给一位姓吴的亲戚（诗中称为吴郎），自己搬到东屯。不料，吴郎到来后立即插篱设防。杜甫得知后，写下《又呈吴郎》，以委婉语气劝诫吴郎。此前杜甫曾作《简吴郎司法》，此诗改用"呈"字，显得更加谦和，便于吴郎接受。

　　诗作开篇直接切入主题，回顾自己对待邻居寡妇打枣的态度："堂前扑枣任西邻"，"扑"字的选用既避免了"打"字的生硬，也与情调相符。"任"字体现了杜甫对寡妇的宽容态度。接着解释原因："无食无儿一妇人"，揭示了寡妇的困境，隐含着对吴郎的启发："面对这样一位孤苦无依的妇人，我们怎能不让她打枣呢？"这两句清晰地表达了杜甫的同情与理解。

　　接下来的两句，"不为困穷宁有此，只缘恐惧转须亲"，进一步阐述了寡妇的处境。"困穷"承接上句，说明寡妇因贫困而不得不打枣。"此"指代打枣一事，杜甫以此表达对寡妇的深刻体谅，正如民歌所言："唐朝诗圣有杜甫，能知百姓苦中苦。"

　　到了五、六句，诗的重点转向吴郎："即防远客虽多事，使插疏篱却甚真。"这里的"防"指寡妇的提防心理，"插"则是吴郎的行动。杜甫委婉地指出，寡妇因吴郎的设防而多心，吴郎的行为显得不够体贴。这两句诗通过含蓄对比，暗示吴郎要更加理解穷苦百姓的处境。

最后两句，"已诉征求贫到骨，正思戎马泪盈巾"，为全诗点睛之笔。"已诉"是说寡妇已向杜甫倾诉自己的困苦，"征求"指官吏剥削，致使百姓困穷。"戎马"则指出自"安史之乱"以来不断的战乱。通过这两句，杜甫不仅为寡妇的处境辩解，还将目光投向更广阔的社会问题，表达对战乱和国家命运的深切忧虑。

杜甫通过寡妇扑枣的小事，联想到国家大局，以此启发吴郎：在战乱和贫穷的时代，像寡妇这样的困苦人比比皆是。诗的结尾虽看似偏离主题，实则深化了全诗的思想高度，意图引导吴郎站得更高，视野更宽，不在小事上计较。

这首诗以其鲜明的人民性和巧妙的艺术表现手法，在唐代七言律诗中独树一帜。杜甫通过自身经历，启发吴郎，尽量避免抽象说教，措辞委婉，情理交融。同时，运用"即""便""虽""却"等虚词，增强诗的灵活性，使律诗形式与散文的活泼性相结合，达到了抑扬顿挫、耐人寻味的效果。

集评

明·王嗣奭《杜臆》：此亦一简，本不成诗。然直写情事，曲折明了，亦成诗家一体。大家无所不有，亦无所不可也。

清·卢世㴑《读杜私言》：杜诗温柔敦厚，其慈祥恺悌之衷，往往溢于言表。如此章，极煦育邻妇，又出脱邻妇；欲开示吴郎，又回护吴郎。八句中，百种千层，莫非仁音，所谓仁义之人，其言蔼如也。

清·仇兆鳌《杜诗详注》：此章告以恤邻之道也。……"无食无儿一妇人"句，中含四层哀矜意：通章皆包摄于此。此诗是直写性情，唐人无此格调。然语淡而意厚，蔼然仁者恫瘝一体之心，真得《三百篇》神理者。

江南逢李龟年

岐王宅里寻常见，崔九堂前几度闻。
正是江南好风景，落花时节又逢君。

译文

当年在岐王宅里，常常见到你的演出，在崔九堂前，也曾多次听到你的演唱，欣赏到你的艺术。

眼下正是江南风景秀丽的时候，落花缤纷的时候又遇到了您。

鉴赏

杜甫的《江南逢李龟年》作于唐代宗大历五年（770年），当时杜甫漂泊至潭州（今湖南长沙）。杜甫少年时才华横溢，常在岐王李隆范和中书监崔涤府上出入，因而得以欣赏宫廷歌唱家李龟年的艺术。安史之乱后，杜甫流落江南。大历四年（769年）杜甫自岳阳至潭州，次年春天与同样漂泊的李龟年重逢，勾起对往昔盛世的怀念，写下此诗。

这首诗仅二十八字，却蕴含丰富的时代内涵，是杜甫绝句中情韵最浓的一篇。李龟年是开元时期的著名歌唱家，杜甫与他初识于"开元全盛日"。那时，王公贵族热爱文艺，杜甫因才华被岐王李隆范和崔涤接纳，得以欣赏李龟年的歌唱。李龟年在杜甫心中，象征着鼎盛的开元时代和他充满浪漫情调的青年时代。

诗的开头"岐王宅里寻常见，崔九堂前几度闻"，追忆昔日与李龟年的频繁接触，流露出对"开元全盛日"的深情怀念。"岐王宅里""崔九堂前"信手拈来，但对杜甫而言，这些地方是开元时期文化繁荣的缩影，也是他个人美好回忆的寄托。昔日的"寻常"二字，如今却显得遥不可及，诗中蕴含着天上人间之隔的感慨。

诗接着写道："正是江南好风景，落花时节又逢君。"江南秀丽的风景，本是诗人们向往的胜地，但杜甫此时所见却是"落花时节"与满头白发的李龟年重逢。"落花时节"既是景中即事，又喻示了世事的衰败和社会的动乱。这四字，暗含着诗人对人生无常的感慨，却又不显刻意，显得自然浑成。诗中"正是"和"又"两个虚词，反衬出杜甫内心的无限感慨，使得江南的美景成为动荡时世的有力对比。

在这次重逢中，杜甫与李龟年这两位历经盛衰的老人，面对着落花流水的江南风光，共同感受着时代的沧桑巨变。诗以"落花时节又逢君"作结，含蓄而深沉，传达出杜甫心中无言的悲恸与思痛。诗人以"未申"的方式表达感情，对于经历相似的李龟年，这是无需言明的心意；对于后世读者，这种含蓄的表达更显出诗人深厚的笔力。

四句诗，从岐王宅、崔九堂的"闻"歌，到江南的重"逢"，"闻"与"逢"之间，是四十年的沧桑巨变。诗中虽未正面提及动乱，但通过追忆与感慨，表现出安史之乱对社会和个人的深刻影响。正如戏剧中通过演员的表演展现广阔背景，杜甫以简短的绝句，浓缩出丰富的历史和人生感受。杜甫的这首诗，以高度的艺术概括力和丰富的生活体验，在绝句这样的短小体裁中，达到了举重若轻、浑然无迹的艺术境界。

明·黄鹤：开元十四年，公止十五岁，其时未有梨园弟子。公见李龟年，必在天宝十载后，诗云岐王，当指嗣岐王珍。据此，则所云崔九堂前者，亦当指崔氏旧堂耳，不然，岐王、崔九并卒于开元十四年，安得与龟年同游耶？

清·黄生：此诗与《剑器行》同意，今昔盛衰之感，言外黯然欲绝。见风韵于行间，寓感慨于字里，即使龙标、供奉操笔，亦无以过。乃知公于此体，非不能为正声，直不屑耳。有目公七言绝句为别调者，亦可持此解嘲矣。

登岳阳楼

昔闻洞庭水，今上岳阳楼。
吴楚东南坼，乾坤日夜浮。
亲朋无一字，老病有孤舟。
戎马关山北，凭轩涕泗流。

译文

过去只听说洞庭湖水域辽阔，如今有幸登上湖畔的岳阳楼。

大湖广阔无边，仿佛将吴楚东南分隔开来，天地仿佛在湖面上日夜漂浮。

没有收到亲友的一点音讯，年老体衰，只剩一叶孤舟漂泊。

关山以北的战火依然未熄，凭栏远望，心系家国，泪水纵横。

鉴赏

  杜甫的《登岳阳楼》创作于唐代宗大历二年（公元 767 年），此时杜甫已年近花甲，身患疾病，生活困顿。大历三年（公元 768 年），杜甫离开夔州，沿长江漂泊至岳阳，登上了向往已久的岳阳楼。在此背景下，他写下了这首诗，表达了对国家动荡和个人困境的深切感慨。

  诗的开篇"昔闻洞庭水，今上岳阳楼"，点出多年向往终得实现，但句中未见喜悦之词，反而引人回味"昔"与"今"之间的漫长岁月。杜甫将安史之乱的冲击、个人的颠沛流离凝聚在这简单的对比中，展现了诗人无法释怀的心境。

  颔联"吴楚东南坼，乾坤日夜浮"描绘了洞庭湖的浩渺。这里的"坼"（chè）意为分裂，诗人以湖水的广阔与力量映射出吴地与楚地的分隔，仿佛洞庭湖的水势将天地浮动，这不仅是视觉上的宏伟，更是心灵深处的震撼。

  接着，颈联"亲朋无一字，老病有孤舟"转向自我生命的孤寂。"无一字"不仅指音信断绝，也隐含着对国家命运的关切无望，而"孤舟"则是漂泊生活的真实写照，年老病弱的杜甫在湖面上的孤舟中艰难度日，内心的失落与无奈通过这短短两句展现得淋漓尽致。

  尾联"戎马关山北，凭轩涕泗流"则是对北方战乱的忧虑和无能为力的痛苦。面对吐蕃的入侵，杜甫心系国家，却只能倚靠在岳阳楼的栏杆上流泪。这种无形的心理距离被具象化为千里之外的战火，诗人身在洞庭，心却系于长安的安危。

  整首诗通过时间与空间的变换，个人与国家命运的交织，展示了杜甫深沉的忧国忧民情怀。诗中既有洞庭湖的磅礴景象，也有老诗人漂泊孤苦的细腻描写，正如"乾坤"与"孤舟"对照，营造出一种大与小、动与静的和谐统一，彰显了杜甫晚年独特的艺术风格。

　　元·代方回《瀛奎律髓》：岳阳楼天下壮观，孟杜二诗尽之矣。中二联，前言景，后言情，乃诗质一体也。

　　明·胡应麟《诗薮》："气蒸云梦泽，波撼岳阳城"，浩然壮语也，杜"吴楚东南坼，乾坤日夜浮"气象过之。

　　清·黄生《杜诗说》：前半写景，如此阔大；五、六自叙，如此落寞，诗境阔狭顿异。结语凑泊极难，转出"戎马关山北"五字。胸襟气象，一等相称，宜使后人搁笔也。

风疾舟中伏枕书怀三十六韵奉呈湖南亲友

轩辕休制律，虞舜罢弹琴。

尚错雄鸣管，犹伤半死心。

圣贤名古邈，羁旅病年侵。

舟泊常依震，湖平早见参。

如闻马融笛，若倚仲宣襟。

故国悲寒望，群云惨岁阴。

水乡霾白屋，枫岸叠青岑。

郁郁冬炎瘴，濛濛雨滞淫。

鼓迎非祭鬼，弹落似鸮禽。

兴尽才无闷，愁来遽不禁。

生涯相汨没，时物自萧森。

疑惑尊中弩，淹留冠上簪。

牵裾惊魏帝，投阁为刘歆。

狂走终奚适，微才谢所钦。

吾安藜不糁，女贵玉为琛。

乌几重重缚，鹑衣寸寸针。

哀伤同庾信，述作异陈琳。

十暑岷山葛，三霜楚户砧。

叨陪锦帐座，久放白头吟。

反朴时难遇，忘机陆易沉。

应过数粒食，得近四知金。

春草封归恨，源花费独寻。

转蓬忧悄悄，行药病涔涔。

瘗夭追潘岳，持危觅邓林。

蹉跎翻学步，感激在知音。

却假苏张舌，高夸周宋镡。

纳流迷浩汗，峻址得嵚崟。

城府开清旭，松筠起碧浔。

披颜争倩倩，逸足竞骎骎。

朗鉴存愚直，皇天实照临。

公孙仍恃险，侯景未生擒。

书信中原阔，干戈北斗深。

畏人千里井，问俗九州箴。

战血流依旧，军声动至今。

葛洪尸定解，许靖力还任。

家事丹砂诀，无成涕作霖。

　　我因病无法再演奏，还误把雄管当作雌管吹，听到那变调的琴声，悲痛难忍。

　　古代圣贤的名声多么遥远，我在他乡漂泊，病情一年比一年加重。

　　船每晚总是停泊在汉阳的东方，湖面开阔，清晨便能看到报晓的参星。

　　我思念京城如同马融闻笛，迎风远眺恰似王粲登楼敞襟。

　　极目远望，悲伤不见故乡；云层沉沉，秋冬之际阴云密布。

　　在迷蒙的雾气中隐约可见水乡的茅屋，透过红叶的枫林便是重重叠叠的青山。

　　冬天里南方的瘴气依然凝聚不散，细雨纷纷又总是下个不停。

　　咚咚的鼓声，是当地人在迎神歌唱；弓声响起，似乎猫头鹰被打落。

　　尽情观赏沿岸的风俗，刚刚忘却烦恼，谁知愁苦又不由自主地涌上心头。

　　主要是想到一生漂泊，碌碌无为，而眼前景物又如此萧条。

　　屡遭挫折，以至杯弓蛇影，心神难安；虽未断绝仕途，却淹留他乡，难以回到京城。

　　我曾为救房公廷诤忤旨，如同辛毗牵裾苦谏；又像被刘歆之子狱辞连累而投阁的扬雄。

　　我这样常年奔走，终究何去何从？承蒙你们厚爱，我感激不尽。

　　我倒安于喝不加糁子的野菜羹，而你们真可谓"其人如玉，为国之珍"。

我那随身的破乌皮几经补缀，百结鹑衣更是补丁叠加。

我的哀伤如同庾信，书檄之文却异于陈琳。

十个夏天都穿着岷山产的葛衣，霜降三度已厌倦了楚地的砧声。

我曾被奏为工部员外郎，长久漂泊，无法赴任，如今只能摇着白头自吟。

返璞归真的时代难以遇见，若不愿与世周旋，很容易沉沦。

只因不能没有超过鹪鹩数粒的食物，食不果腹，生活贫困，所以勉强接受你们清白得来的赠金。

回不了家，只能盼望萋萋春草将思归的愁苦封闭；然而来到湖南，想找个安身之处，仍然寻不到栖息之地。

于是只得像转蓬般四处漂泊，沿途还须服药行散，却无法减轻沉重的病情。

如同潘岳儿子的夭折，我的孩子也早早夭亡；真想在邓林中寻找夸父扔下的手杖，扶持我越过艰险的道路。

可笑我邯郸学步拙于随俗，最感激你们对我的知遇之恩。

你们借来苏秦、张仪的不朽之舌，过高地夸奖我是天子剑上的周宋之镡。

汇入众流的三江五湖宽广无边，高地上更屹立着高高的山峰。

城府的大门面朝太阳敞开，苍松翠竹映衬着清澈的流水。

人们都带着笑脸，骑着快马来投奔你们。

如果你们都具有慧眼能赏识像我这样愚直之人，我死后唯愿皇天在上，照临我感激你们的赤诚。

如今蜀地割据，仿佛公孙述仍在西蜀；杨子琳贪赂归还，当今的侯景因此未被擒获。

洛阳久无消息，长安的战争威胁仍未解除。

客居使人畏惧，入乡问禁随俗，处处堪忧。

战火兵乱依旧，南北伤乱，战事声至今未停。

自知如葛洪尸解，必将死于途中；我不能像许靖那样远走交州，这不是我体力所能及。

若论家事，空有丹砂诀而炼不成金，想到这里，不觉泪如雨下。

鉴赏

　　唐代宗大历五年（770 年）冬，杜甫携一家八口，自潭州（今湖南长沙）乘船往岳阳。途经洞庭湖时，杜甫的风疾愈加严重，令他半身偏枯（偏枯为中医病名，指半身不遂的病，记载于《灵枢·刺节真邪》），卧床不起，心绪百转，于此情境下写下了《风疾舟中伏枕书怀三十六韵》，寄呈湖南的亲友。

　　这首诗以忧苦为基调，分为四段，从不同角度抒发了杜甫的愁思与苦痛。第一段从"轩辕休制律"到"时物自萧森"，正面入题，描绘了风疾所带来的痛苦。首四句"轩辕休制律，虞舜罢弹琴"看似离奇，却极具震撼力。王嗣奭评价为"愤激语"，杨伦称之"发端奇警"。萧涤非解释道：黄帝制律以调和八风，舜弹琴歌以解民忧，而杜甫却饱受风疾之苦，不禁无理埋怨，是风疾带来的痛苦使他神思恍惚。接下来的"如闻马融笛，若倚仲宣襟"则用典喻病苦，马融笛声比作耳鸣，王粲登楼北风中的开襟对比病中的颤抖。杜甫在寒冬的船上，望见洞庭湖畔萧索的景象，寒云密布，茅屋阴暗，瘴气迷蒙，淫雨连绵，哀鸣和祭鬼的鼓声都透着愁苦色彩，正如"生涯相汩没，时物自萧森"所描绘的萧条和无奈。诗人通过情景交融的手法，铺陈哀景以衬托病痛，增强了其表达的力度。

　　第二段自"疑惑尊中弩"至"得近四知金"，转向回顾过去，展现漂泊艰辛。起首两句以"杯弓蛇影"的典故，形容杜甫因政局险恶而心生疑虑，长期滞留不得归京，暗示他自疏救房琯获罪后，一直小心翼翼地生活。生活的困窘更是不言自明：粗茶淡饭，衣衫褴褛。虽在巴蜀楚地流浪多年，偶得地方官接待，却难以投合，多是庾信般的哀伤，难成陈琳那样的佳作。即便如此，杜甫仍保持铮铮铁骨："应过数粒食，得近四知金。"他对朝中权贵的讥讽与对自身处境的感慨，寓于平静叙述中，却激愤暗涌。

第三段"春草封归恨"至"皇天实照临"，感谢湖南亲友的高谊，表达身处他乡的孤苦。杜甫曾在大历三年（768 年）春出峡至江陵，意欲北归，却因缘故南下，寻找陶渊明笔下的桃花源，却终无所获。"春草封归恨，源花费独寻"深含漂泊无依之意。在"转蓬忧悄悄，行药病涔涔。瘴天追潘岳"的困苦中，杜甫唯有"持危觅邓林"，仰仗亲友扶持。感激中，杜甫描绘了亲友如三江五湖般的浩荡情谊，像高峰般崇高的品格，以诚挚的谢意坦露出内心的孤苦无依。虽轻描"蹉跎翻学步"四句，但与"转蓬忧悄悄"相映，愈显沉重。这种衬托手法，使诗情更为深切。

最后一段"公孙仍恃险"至结尾，笔势宕开，叹战乱不止，伤己将死于道路。总结全文，用简练的文字展现丰富的内涵。一方面，"公孙仍恃险，侯景未生擒"揭示藩镇作乱、战事不息是生灵涂炭、自己流离失所的根本原因；另一方面，"书信中原阔，干戈北斗深"显示中原音信断绝，归乡无望。最后四句尤为沉痛："葛洪尸定解，许靖力难任。家事丹砂诀，无成涕作霖。"杜甫哀叹自己的衰病，预见死去无疑，无法像许靖般拖家带口远走。家事难以维持，如空有丹砂诀而不能炼金，悲从中来，泪下如雨。杜甫希望亲友在其身后能照顾家小。此哀鸣满含深情，动人心魄。读者不仅看到一位慈祥悲切的老人，还看到一位为国事忧虑的爱国者。

这首绝笔诗是杜甫毕生不屈奋斗的宣言，以其博大沉雄的气势和精妙绝伦的艺术，流传千古。作为五言长篇排律，杜甫在孤苦无依中用五言排律寄赠亲友，显示出郑重其事和对对方的尊重。五言排律要求除首尾外，中间句子皆对偶精工，且常用典。杜甫在此诗中娓娓道来，虽以对偶为主，却不乏流动变化。用典上，杜甫引得的确，用得恰好，无堆砌之感，展现出深厚的学识和艺术修养，为后人提供了宝贵的启示。

集评

清·仇兆鳌《杜诗详注》：此诗作于耒阳阻水之后，其不陨于牛肉白酒明矣。但云"葛洪尸定解"，盖亦自知不久将殁也。编诗者当以此章为绝笔。

明·王嗣奭《杜臆》：起来四句愤激语，而"犹伤半死心"更痛。……"群云惨岁阴"，"群云"创语。

清·浦起龙《读杜心解》：絮絮叨叨，纯是老人病愈时，追思历历、寄谢种种情状；然细寻之，条理仍复楚楚。……公诗本苦多乐少，然未有苦至此者。竟是一篇绝命词。

发潭州

夜醉长沙酒，晓行湘水春。
岸花飞送客，樯燕语留人。
贾傅才未有，褚公书绝伦。
名高前后事，回首一伤神。

译文

昨天夜里在长沙痛饮沉醉而眠，今天拂晓就伴着湘江两岸的明媚春色远行。

环顾四周，只有江岸上春风中飞舞的落花为我送行。船桅上的春燕呢喃作语，似乎在亲切地挽留我。

西汉时的贾谊才能世上少有，初唐时的褚遂良书法绝伦无比。

两人在不同的时代都曾名高一时，但是都被贬抑而死。这不堪回首的往事，真是令人黯然神伤。

鉴赏

唐代宗大历三年（768年）正月，杜甫自夔州出峡，计划北归洛阳。然而，由于时局动荡，亲友渐疏，北归之路无望。他只得以舟为家，辗转于江陵、公安、岳州、潭州一带。次年春，杜甫离开潭州前往衡州，途中写下《发潭州》一诗，表达了他漂泊无定的苦闷心境。

诗的首联"夜醉长沙酒，晓行湘水春"点明题意。杜甫素来"性豪业嗜酒"，如今身处天涯漂泊，前途渺茫，他以酒浇愁，饱含辛酸。清晨，湘江两岸春色明媚，但诗人却要孤舟远行，黯然的心绪自然而然地流露。

颔联"岸花飞送客，樯燕语留人"紧承上联，描绘启程时的情景。岸上的落花随着春风飘零，似乎在为他送行；船桅上的春燕呢喃低语，仿佛在挽留他。看似寻常的自然现象，被诗人赋予了人的情感，渲染出一种悲凉而冷落的氛围。这种气氛把诗人的孤寂与无依表现得淋漓尽致，同时映射出人情的淡薄，而落花与燕语似乎比人更懂得留恋与惜别。这一联不仅描绘了景色，更通过拟人手法寄寓了深沉的感伤情绪。

颈联"贾傅才未有，褚公书绝伦"用典抒情。杜甫联想到西汉贾谊因才高遭忌，被贬长沙；又想起初唐褚遂良因谏阻武则天立后被贬潭州。这些历史人物的命运，与杜甫自己因仗义疏救房琯（guǎn）而长期沉沦相似，触发了他的感慨。这种借古抒怀的手法，通过对贾谊、褚遂良的命运的联想，将自己的不遇之感巧妙地表达出来。

尾联"名高前后事，回首一伤神"进一步借古人抒怀，直抒胸臆。贾谊、褚遂良虽然名震一时，却都被贬而死，杜甫自身漂泊荆湘，抱负难展，心中忧愤如湘水般无尽。这不仅是对个人命运的感叹，更是对国家和时代的忧虑，沉郁之情在此达到了高潮。

整首诗运用托物寓意、典故言情、直接抒怀等手法，情感细腻，曲折动人，创造了深沉的艺术意境，是杜甫晚年诗作中的杰出作品。通过对景物的描绘与历史人物的联想，杜甫将个人悲苦与时代沧桑交织在一起，展现出他忧国忧民的深切情怀。

集评

宋·罗大经《鹤林玉露》：《发潭州》云："岸花飞送客，樯燕语留人。"盖因飞花语燕，伤人情之薄，言送客留人，止有燕与花耳。此赋也，亦兴也。

清·仇兆鳌《杜诗详注》：杨氏《丹铅录》云：贾岛诗"长江风送客，孤馆雨留人"二句，为平生之冠，而集中不载，仅见于坡诗注所引。今按杜诗"岸花飞送客，樯燕语留人"，实贾句所本。而何仲言诗"岸花临水发，江燕绕樯飞"，则又杜句所本。固知诗学递有源流也。